初音《はつね》ミクポケット

怪盗《かいとう》ピーター&《アンド》ジェニイ

作　美波 蓮
絵　たま
協力　Nem

ポプラ ポケット文庫

もくじ

Poplar
Pocket
Library

楽曲『怪盗《かいとう》ピーター&《アンド》ジェニイ』の名前は、ポール・ギャリコ氏の著《ちょ》書《しょ》『ジェニィ』をヒントにしました。ポール・ギャリコ氏に感謝《かんしゃ》します。

——nem

プロローグ　怪盗《かいとう》ピーター&《アンド》ジェニイ

『怪盗《かいとう》ピーター&ジェニイ、またもあらわる！　こんどの獲物《えもの》は大女優《だいじょゆう》のドレス！』

昨夜、高級住宅街《じゅうたくがい》にあるエドワード氏の屋敷《やしき》からあるドレスが盗《ぬす》まれた。今は亡《な》き大女優ジェニファーが舞台《ぶたい》で使用していたものだ。高価《こうか》で貴重《きちょう》なドレスをエドワード氏は劇場《げきじょう》ではなく自宅《じたく》で慎重《しんちょう》に保管《ほかん》していたという。

しかし、犯人《はんにん》であるピーターとジェニイは大胆不敵《だいたんふてき》にもエドワード氏に予告状《よこくじょう》を送りつけてきた。これは彼《かれ》らのいつもの手口である。警察《けいさつ》による厳重《げんじゅう》な警戒《けいかい》のなか、まんまと氏の宝《たから》であるドレスをうばい、月夜へと飛びさっていった怪盗たち。

ロンドン市警察は全力を持って、彼らふたりの行方を追っているが、いまだ彼らの素顔《すがお》すら明らかになってはいない。

ああ、ロンドンをさわがす怪盗の正体や、いかに!?

――ロンドンタイムズより

十九世紀、イギリス。首都をロンドンとするヨーロッパの西にある島国だ。すぐれた工業力や貿易《ぼうえき》によって、世界有数の繁栄《はんえい》をほこっている。国民は労働者である平民と政治《せいじ》をおこなう貴族《きぞく》に分かれ、気高い女王ヴィクトリアがおさめている。

近ごろ、ロンドンは工業の発展《はってん》により発生したスモッグが街をくもらせるようになっていた。そのため、霧《きり》の都と呼《よ》ばれている。今日も深く濃《こ》い霧があたりをおおっていた。モルタルのアパートや木造《もくぞう》の店が建ちならぶ街なみがミルク色に染《そ》まっている。冬の夜の冷たい風が霧をいっそう広がらせていた。

「いたか!?」

「いや、こっちにはいない。くそっ、どこへ消えた!?」

でこぼこが多い石だたみの道を、何人もの警官《けいかん》がせわしなく走りまわっている。ときどき霧を追いはらうしぐさをして誰《だれ》かを探《さが》していた。

最近、ロンドンではガス灯のおかげで夜でも明るい。しかし、この霧ではガスに火をつけただけのあかりではあまり役には立たなかった。その上、弱々しい光で地上を照らしていた三日月までもが雲にかくれ、あたりはさらに暗くなる。

霧《きり》のなかで右往左往《うおうさおう》する警官《けいかん》たちの頭上を何かががさっと跳《と》びこえた。だが、その影《かげ》に気がつくものは誰《だれ》ひとりとしていなかった。

そのころ、下町にある酒場は怪盗《かいとう》の話題で持ちきりだった。

窓際《まどぎわ》にテーブル席が三つ。それと五人がすわれるカウンターだけの小さな酒場。誰かが持ちこんだ新聞の一面には『怪盗ピーター＆《アンド》ジェニイ、予告状《よこくじょう》をエドワード氏のもとへ！』の文字が大きくふとい文字で書かれていた。

なみなみとビールがそそがれたジョッキ片手《かたて》に、仕事帰りの中年の男たちが目をかがやかせる。

「なぁ、ピーター＆ジェニイはこんどもうまく盗《ぬす》めると思うか？」

「そりゃ、盗めるに決まってんだろ。今までねらったお宝《たから》は百発百中、必ず手に入れてきたすごうでの怪盗たちなんだぞ」

「けどよぉ。予告状《よこくじょう》を送られたエドワードのオヤジも警備《けいび》をかためてるだろうし、警《けい》察《さつ》だってだまっちゃいないぜ」

「そういや、外がずいぶんさわがしいが……もしかして、今、追いかけてる最中か？」

深夜一時。ふだんは人通りの少ないこの時間にもかかわらず、窓《まど》の外からはドタバタと何人もの足音が聞こえてくる。

「そうとう人数がいるな。こりゃ、こんどこそピーター＆《アンド》ジェニイも捕《つか》まるか？」

「それでも、逃《に》げてみせるのがピーター＆ジェニイじゃねえか。俺《おれ》は今回もあいつらの盗《ぬす》みが成功するのに賭《か》けるね」

「俺も俺も！」

「なんだよ、賭《か》けにならねえじゃねえか。おまえら、全員、ピーター＆ジェニイを応《おう》援《えん》するってのか？」

男たちは顔を見合わせると、どっと笑いあった。

「だっておもしれぇじゃねえか、あいつら。いつも俺たちには思いもよらない方法で警察《けいさつ》を出しぬいてるんだぜ。こんどはどんなふうにやってくれるのか……ん？」

窓際《まどぎわ》で飲んでいた男が首をかしげた。

「どうした？」

「いや、今、屋根の上を何かが飛んでいったような……」

「鳥じゃないのか？」

「いや、人影《ひとかげ》だった。……まさか！」

男たちがドタバタと酒場から出て空を見上げた。だが、そこには何もない。ようやく雲から顔を出した三日月がぼんやり光っているだけだ。

「ちぇっ、ピーター&《アンド》ジェニイかと思ったんだがなあ」

「そんなわけねえだろ。コウモリかなんかと見まちがえたんだよ、このよっぱらい」

言い合いをしながら、男たちは店のなかにもどっていく。誰《だれ》もいなくなったところで、霧《きり》の晴れた石だたみに細く長いしっぽのような影《かげ》がおどる。だが闇《やみ》にとけてしまったかのように、すぐに消えてしまった。


男たちが飲んでいた酒場から数軒《すうけん》はなれた二階建ての木造《もくぞう》アパート。ふたつの人影はその屋根の上で立ち止まっていた。屋根は切り妻《づま》屋根と呼《よ》ばれる、本をふせたような山形をしている。ななめになったタイル屋根の上でも、影はバランスをくずすことなく平気なようすで立っていた。

周りには同じ屋根を持つ二階建ての建物がごちゃごちゃと密集《みっしゅう》して建っている。あまり裕福《ゆうふく》ではない人たちの住む地域《ちいき》だ。

どの家の屋根にもえんとつが立っている。暖炉《だんろ》やかまどで火を使うとけむりが出るため、えんとつは必要なものなのだ。

人影《ひとかげ》が立っている屋根にもふとくてりっぱなえんとつがあった。そこに身をかくして、ふたつの影は顔を見合わせた。

「ふう……なんとか追っ手をひきはなせたかしら」

「うん、だいじょうぶみたいだよ。リンお嬢《じょう》さま」

頭のてっぺんでたばねた金髪《きんぱつ》から、ひょこっと黒い猫《ねこ》の耳を生やした少年がとなりの少女に話しかけた。年は十四歳《さい》。ほっそりした体を黒いベストとズボン、濃いグレーのシャツにつつんでいる。おしりには細長いしっぽがゆれていた。

「ちょっと、今はリンお嬢さまじゃないわ。ジェニイって呼《よ》びなさいよね。あなたは今、あたしの執事《しつじ》のレンじゃなくて、怪盗《かいとう》ピーターなんだから！」

お嬢《じょう》さまと呼《よ》ばれた少女――リンがレンをにらむ。レンと同い年の彼女《かのじょ》も黒いベストとスカートを身につけていた。肩《かた》の上で切った金髪《きんぱつ》には黒い猫耳《ねこみみ》が生えている。

「ごめんね、ジェニイ」

「わかればいいのよ、わかれば」

レンの答えを聞いて、怒《おこ》った猫のようにぴんっと立っていたリンのしっぽはぺたんと垂《た》れた。お嬢さまのきげんは直ったようだ。

彼《かれ》らは猫耳族だった。猫耳族とは猫の耳としっぽを持つ種族だ。ほとんどの猫耳族が人間とくらべてやや小さな体つきをしており、身軽ですばやい。夜目がきき、また耳もいい。リンとレンのふたりはその猫耳族の特徴《とくちょう》をいかして、怪盗《かいとう》ピーター&《アンド》ジェニイとして活動しているのだ。

足音を立てずに忍《しの》びこみ、高いところへもひとっ跳《と》び。追っ手の足音をうまく聞きつけ、暗闇《くらやみ》でもよく見える目でかくれ場所を探《さが》す。絶対《ぜったい》に捕《つか》まったりなんてしない。

「ところで、これからどうするの？　あたし、もうくたくた。できればこれ以上、走りまわりたくなんてないんだけど」

猫耳族《ねこみみ》はすばやく動けるかわりにスタミナはあまりない。ここまで警官《けいかん》から逃《に》げるためにさんざんあちこちを走ってきたため、リンはぐったりと疲《つか》れていた。

エドワードの屋敷《やしき》があった高級住宅街《じゅうたくがい》から、リンたちが今いる場所は7キロメートルは離《はな》れている。猫耳族はすばやく身軽だ。屋根の上を使って走れば人間たちには捕《つか》まえることなどできない。だが今日はうまくいかなかった。

「まさか逃《に》げる場所、逃げる場所に警察《けいさつ》が待ちかまえているなんて思わなかったよ」

「まったくだわ。あいつら、しつこいったらありゃしない！」

ふたりが跳《と》びうつる屋根の上になんども警官が待ちぶせしていたのだ。高級住宅街の場合、家と家のあいだはあまり密着《みっちゃく》しておらず、四、五メートルは離れている。人間では跳べないが、猫耳族なら跳びこえられる距離《きょり》だ。

だから見つかるたびにちがう家の屋根へと跳びうつることでどうにか捕まらずに逃げてこられたのだが、そのせいでずいぶんとくたびれさせられた。

レンがリンの肩《かた》をぽんぽんとたたいてはげました。

「でも、ここまで来ればあとちょっとだよ。教会にグライダーがかくしてある。それを使って逃《に》げよう」

「あとちょっと……ね」

リンがうんざりした顔で前を見た。直線距離《きょり》でいえば、五百メートルほどはなれた場所に、えんぴつみたいにとがった教会の屋根が見えた。てっぺんに十字架《じゅうじか》がある。周りがほとんど二階建ての建物ばかりのなか、教会は五階建てほどの高さがあり、ひょこっとそこだけ突《つ》きでていた。一番高い場所に鐘《かね》がつるされている。白い石造《いしづく》りの建物があわい月明かりでぼんやり光っているようだった。

そこにグライダーがかくしてあるのだ。

「荷物は僕《ぼく》が持つから、がんばろうよ。ドレスを持って帰るんだろう？」

「あたりまえでしょ！　わかったわ、ピーター。見つからないうちに行きましょう」

「了解《りょうかい》！」

レンはドレスの入った重いリュックを背負《せお》いなおすと、猫耳《ねこみみ》族の身軽さでまた屋根の上を走りはじめた。その後をリンも追いかける。屋根から屋根へと跳《と》びうつり、グライダーをかくした教会のてっぺんをめざす。

霧《きり》がまたいっそう濃《こ》くなり、ふたりの体をかくした。

「どうしても教会に入れてはくださらないんですか!?」

ピーター&《アンド》ジェニイが目指す、下町の教会。その真っ白な石で作られた建物の入り口でひとりの青年がどなっていた。

紺《こん》のスーツにうすい茶色のトレンチコートをはおった二十五歳《さい》くらいの青年だ。とくに動物の耳やしっぽは生えていない。

カイト、ロンドン市警察《けいさつ》の若き警部だ。

黒髪《くろかみ》の彼《かれ》はととのった顔に怒《いか》りをあらわにし、教会の牧師《ぼくし》をにらみつけていた。

「静かになさってください。こんな夜中に神の家をさわがせるなんて……」

「ですが、ここに怪盗《かいとう》ピーター&ジェニイが逃《に》げこむ可能性《かのうせい》があるんです。少しのあいだでいい。我々《われわれ》をなかにいれてください。ロンドン市警察にご協力をお願いします」

カイトは警察手帳を牧師に見せながら、必死に説得する。だが牧師はかたくなに首を横にふるばかりだった。

「怪盗《かいとう》！　なんておそろしい。そのような神にそむく罪人《ざいにん》が神聖《しんせい》な教会を利用するとでもいうのですか。バカなことを言わないでください！　なんと言われようと教会に押《お》し入ることは許可《きょか》できません。お引き取りください！」

「そこをなんとか……」

「なんと言われても無理なものは無理です！」

ぎり、とカイトがくやしそうに奥歯《おくば》をかみしめ、一歩下がる。と、そこへピーター&《アンド》ジェニイを追っていた部下が走りこんできた。

「カイト警部《けいぶ》！　見失ったやつらを再《ふたた》び発見しました！　屋根の上を走って西から教会に向かっています」

「くっ……わかった！　はしごを持ってこい！　やつらは必ずここにくる。教会正面の建物の屋根にのぼり、待ち伏《ぶ》せするぞ！」

「わかりました！」

牧師《ぼくし》が安心して息をはくと、そそくさと教会のなかへ入っていく。カイトはそれをちらりといらだった目で見てから、部下とともに怪盗ピーター&ジェニイを捕《と》らえるため、全速力で走りだした。

いっぽう、追われる側であるピーター&《アンド》ジェニイ、リンとレンも全力で走っていた。屋根のはしからはしまでかけぬけ、通りをはさんだ向かい側の建物へとまるで羽でも生えているかのように軽々と跳《と》びうつる。

しかし、ついに教会まであと目と鼻の先だというところでリンがへたりこんでしまった。レンが彼女《かのじょ》の腕《うで》をひっぱって起こそうとする。だが何かがきしむ音が聞こえて、レンはふりかえった。

ふたりが立っているのは、二階建ての雑貨屋《ざっかや》の屋根。その西側の斜面《しゃめん》だ。東側の斜面にかくれていた誰《だれ》かの手が屋根のてっぺんをつかんでいた。

「はぁっはぁ……待て！　こんどこそ逃《に》がさないからな、怪盗《かいとう》ピーター&ジェニイ！」

ぎし、と音を立ててつかまれている屋根がきしむ。そこからカイトがゆっくりと立ちあがってきた。片手《かたて》に警棒《けいぼう》を持ったカイトは斜面にふらつきながらも、ふたりをにらみつける。

「おやおや、カイト警部《けいぶ》。人間なのによくやるなぁ」

「うるさい！　あいかわらず高いところが好きだな。おまえたちのねらいはわかっているぞ、このあたりで一番高いあの教会だろう！」

カイトが通りをはさんで目の前に見える教会のてっぺんを指さす。通りは狭い路地とはちがい、十メートルほどのはばがあった。レンは内心冷や汗《あせ》をかきながらも、肩《かた》をすくめてよゆうがあるそぶりを見せる。

「おやおや、そこまでお見通しとは。やるなぁ」

「ちょっと何のんきに話してるのよ！　さっさと逃《に》げないと！」

レンの手を借りて、ようやく立ちあがったリンがあせりもあらわにさけぶ。それを見てカイトが首に下げていた警笛《けいてき》を鳴らした。

するとカイトと同じように、屋根の東側の斜面《しゃめん》に伏《ふ》せていた警官たちがいっせいに身を起こした。後ろに跳《と》んで戻《もど》ろうとレンはとっさにふりかえる。だが、さっき足場に使った屋根にも警官たちがのぼっており、待ちかまえていた。前からはカイトたちがせまってくる。

「いいかげんに観念しろ。今日こそお縄《なわ》についてもらうぞ。むだな抵抗《ていこう》をせず、エドワード卿《きょう》にドレスを返したまえ！」

「いやよ！　これはあたしのものなんだから、返すものですか！」

言いかえすリンだが立ちあがるのがやっとだ。ふたりから見て左右の方向に逃《に》げようにも、そこからも警官《けいかん》たちがぞくぞくとはしごでのぼってきて、完全にとりかこまれてしまった。

目指す教会は右側だ。だが、幅《はば》が十メートルもある上に三階分の高さの差もある。いくら猫耳《ねこみみ》族のジャンプ力でもひょいとひとっ跳《と》びとはいかない。

ちらりと地上を見下ろせば、道路にも警官が待機している。飛びおりて地面を走って逃《に》げるのはむずかしい。

「この人数ではさまれては、いかなピーター&《アンド》ジェニイといえど逃げられまい。さあ、みんな、かかれ――」

カイトが号令をかけ、じりじりと距離《きょり》をつめていた大勢《おおぜい》の警官たちがいっせいにふたりに飛びかかろうとしたその瞬間《しゅんかん》だった。

ぼんっと何かが破裂《はれつ》する音がした。

「う、うわわっ、なんだ、急につるつるすべって……」

「やばい！　落ちる！　落ちるって！」

屋根の上に立っていた警官《けいかん》たちが急につるつると足をすべらせ、屋根から落ちていく。かろうじてカイトは屋根のふちをつかんで耐《た》えていた。

「これは……油!?　くっ、ひきょうだぞ、ピーター&《アンド》ジェニイ！」

屋根全体をつるりとした油がおおっていた。警官たちはそれに足をすべらせ、落ちていったのだ。

「おい、おまえたち！　こっちに跳《と》べ！　なんとしても逃《に》がすな！」

「む、無理です！　そっちに行ったら、俺《おれ》たちも足をすべらせて落ちます！」

カイトがとなりの家の屋根に待機させていた警官たちにどなるが、彼《かれ》らは青い顔で首を横にふり、後ずさりをする。そんななかレンはさっとリンの腰《こし》を抱《だ》いて、油まみれの屋根の上だというのに、軽々と屋根を走って、店の正面側のはしに立った。

目の前に十メートルの通りをへだてて教会がある。

フックつきロープをつかみ、レンはねらいをさだめた。めざすは向かい側にある教会の屋根だ。ふつうにジャンプしては届《とど》かない高さだが、ロープをひっかけてそれにつかまって跳《と》べばいける。

屋根の上に立っている十字架《じゅうじか》めがけてレンはこんしんの力でロープを投げた。まっすぐにロープは飛んでいき、ぐるぐると回転して十字架に巻《ま》きつく。最後にフックががちっと十字架の根元にひっかかった。

「ジェニイ、しっかりつかまっててよ！」

「はなすわけないでしょ！」

ぎゅっとリンが抱《だ》きついてくるのを確認《かくにん》してから、レンは両手でロープをにぎって跳んだ。体がいっきに加速し、教会の壁《かべ》へと近づく。その壁を足でとんっと蹴《け》りながら、レンはグライダーをかくしてある鐘《かね》のある位置までのぼった。

そこまでたどりつきふりかえると、ようやくカイトが地面に降《お》りて体勢《たいせい》を立てなおしたところだった。周りには落ちた警官《けいかん》たちが油まみれで腰《こし》や足を押《お》さえている。

カイトが教会のてっぺんにいるレンたちを見上げ、怒《いか》りで目を三角にした。

「くそっ、やはりやつらは教会に逃《に》げたか！　行って捕《つか》まえるぞ！　動けるものは俺《おれ》といっしょに走れ！　なんとしても逃《のが》してたまるか！」

だがすでにそのとき、ふたりはグライダーを組み立ておわっていた。

「じゃあね、カイト警部《けいぶ》。お宝《たから》はいただいていくわ」

「悪くない作戦だったよ。でも今回も僕《ぼく》らの勝ちだね！」

「待て！　くそっ、待て～っっ！」

靴《くつ》についた油ですべって転びそうになりながらも、教会に向かって走りだすカイト。その手がふたりに向かってのばされる。しかしグライダーを使って、ふわりと風に乗って飛ぶ怪盗《かいとう》たちに届《とど》くわけがない。

こうして――今夜も怪盗ピーター＆《アンド》ジェニイはまんまと宝を盗《ぬす》み、逃げおおせたのだった。

第一章　お嬢《じょう》さまの欲《ほ》しいもの

ロンドンにしてはめずらしく晴れた日だった。

霧《きり》もほとんどなく、いつもはくもった灰色《はいいろ》の空もきれいなあわい青で、ちぎれたような白い雲がうかんでいる。やわらかな日ざしもあたたかい小春びよりだ。

だが街中を歩くカイトの表情《ひょうじょう》は晴れなかった。トレンチコートのポケットに両手をつっこみ、ふきげんな顔で足早にでこぼこした石だたみの道を進んでいく。道の両側には木造《もくぞう》やモルタルの商店がならんでいた。

庶民《しょみん》が集まる商店街。昨日、ピーター&《アンド》ジェニイが逃《に》げるのに使った場所のひとつだ。彼《かれ》らは昨日、このあたりの屋根を跳《と》びまわっていた。

カイトがするどい視線《しせん》をあたりに向けつつ歩いていると、酒場の前をそうじしていた青年が話しかけてきた。酒場のマスターで人狼《じんろう》のボブだ。カイトの友人でもある。

「よっ、カイト。昨日もピーター&ジェニイとやりあったんだって？」

「……まあな」

取り逃《に》がした怪盗《かいとう》の名前を聞いてカイトが苦虫をかみつぶした顔になる。それを見て、青年はおもしろそうに頭に生えた狼《おおかみ》の耳をぴこぴこと動かした。

「なんだ、また逃がしたのか」

「うるさいぞ、ボブ。くそっ、ねらいは正しかったというのに……」

「まあ、あんまり落ちこむなよ」

ふさふさした狼のしっぽをゆらしながら。ボブがカイトを見下ろし、気やすい調子で頭をぽんぽんとたたいた。

「なんだ〜。また逃げられたのか？　もしかして、これから上司に説教されるとこ？」

ボブといっしょにいた人間の青年、ダニーもほがらかにカイトへと笑いかけてきた。

カイトは眉《まゆ》をしかめたまま返事をする。

「もうしかられてきたところだ」

「そりゃお疲《つか》れさま。なんだったら、やけ酒つきあうぜ」

ダニーが陽気にジョッキを持つしぐさをしてみせた。このふたりは種族はちがっても仲がよく、ボブの店でダニーはしょっちゅう飲んで騒《さわ》いでいるのだった。

カイトの住むこの国、イギリスには三つの種族が住んでいる。ひとつはカイトと同じ人間。イギリスの南部であるイングランドに多く住み、とりたてて特徴《とくちょう》はないがバランスのとれた能力《のうりょく》と病気になりにくいじょうぶな体を持つ種族だ。

もうひとつはボブの種族である人狼《じんろう》。北部スコットランド地方に多く住む、狼《おおかみ》の耳としっぽ、大柄《おおがら》で筋肉質《きんにくしつ》な体を持つ、嗅覚《きゅうかく》と持久力《じきゅうりょく》に優《すぐ》れた種族だ。

そして最後がリンたちの種族である猫耳《ねこみみ》族だ。西部のウェールズ地方に住んでいることが多い、好奇心《こうきしん》おうせいな猫に似《に》た人々。

世界には他にも鳥や蛇《へび》などの特徴《とくちょう》を持った人たちもおり、人間も合わせて十二の種族が存在《そんざい》している。住む場所はバラバラだが、どの種族も同じくらいの歴史の長さと人口を持っており、交流を深め、ときにはあらそったりすることもあったが、同じ知《ち》性《せい》を持つ『人』として共存《きょうぞん》してきた。

それはイギリスに住んでいる三種族も同じだ。

かつて三つの種族は住んでいた場所が別々であることもあり、わかれて暮《く》らしていた。だが長い時間をかけ交流していき、人間の王さまを中心にひとつの国として団結《だんけつ》するようになった。今はみな、女王ヴィクトリア陛下《へいか》に仕えるイギリス国民だ。

ボブの店は猫耳《ねこみみ》族や人狼《じんろう》、人間が混《ま》ざり合っていつも大さわぎしているにぎやかな酒場だ。話によれば、ボブのおじいさんあたりからずっとそうだったらしい。

カイトもそんなごちゃごちゃしているけれど、三つの種族が助けあって暮《く》らすロンドンという街を象徴《しょうちょう》するようなボブの店が大好きだが、今はその空気に混《ま》ざる気持ちにはなれなかった。

原因《げんいん》はふたつ。ひとつは昨夜ピーター&《アンド》ジェニイに逃《に》げられたこと。そして、もうひとつはここに来る直前に署長《しょちょう》とした会話のせいだった。

ほんの一時間ほど前のことだ。

「バカもの！　またピーター&ジェニイを逃がしたのか！」

ロンドン市警察《けいさつ》の本部であるウッドストリート警察署のオフィスにどなり声がひびきわたった。布張《ぬのば》りのりっぱないすから立ちあがり、はげあがった頭から湯気を出しそうなようすで怒《おこ》っているのは小ぶとりの中年男性《だんせい》だ。

彼《かれ》は重厚《じゅうこう》な木製《もくせい》デスクにこぶしをたたきつけると、カイトをにらみつけた。

「何か申し開きはあるかね、カイト警部《けいぶ》」

「お言葉ですが、ロビン警視《けいし》」

しかられながらもカイトは負けじとロビン警視をにらみ返した。

「あの教会に警官を配置できていれば、あのふたりを捕《と》らえられたはずなのです。自分はあそこが逃走《とうそう》に使われるかもしれないと進言しました」

カイトのとがめるような視線にロビン警視がいごこち悪そうにその大きな肩《かた》をちぢめる。まっすぐなカイトの目から顔をそらして早口の言いわけが始まった。

「し、しかたないだろう。あそこの教会は管轄《かんかつ》がちがうんだ。ピーター&《アンド》ジェニイを追ってあのあたりに入りこむだけでもいい顔をされないのに、警官を配置するとなるといろいろとややこしい手続きがあってだね。夜になってから急に言われたって対処《たいしょ》なんかできるわけがないだろう」

ロンドン市警察は都市の地区ごとに管轄がわかれている。カイトと同じく地区に関係なく犯人《はんにん》を追うものもいるが、その場合でも各区域《くいき》の責任者《せきにんしゃ》に話は通さなければならず、状況《じょうきょう》によってはややこしい手続きも必要となる。教会などの国の施設《しせつ》に乗りこむときは、そこで捕《と》り物をやると建物が傷《きず》つくと拒否《きょひ》されることすらあるのだ。

そのせいで捕らえられたはずの怪盗《かいとう》を逃《に》がしたカイトは軽くためいきをついた。カチンときたロビン警視《けいし》がカイトに言いかえす。

「だいたいだねぇ！　教会の手前では取り囲めたんだろう！　だったら、なぜそこで彼《かれ》らを捕《つか》まえられなかったんだ！　それは君のミスじゃないのか!?」

「ぐっ」

こんどはカイトが息をのんだ。そこを突《つ》かれると痛《いた》い。あと少しというところまでふたりを追いつめたのに、屋根に油をまかれてまんまと逃《に》げられてしまったのだ。

だまってしまったカイトをロビン警視が下からねめつける。

「いつまでもこそ泥《どろ》ふたりを捕《つか》まえられないようじゃあ、巡査《じゅんさ》からやり直してもらうことになるかもしれないねえ。ただでさえ、君の捜査《そうさ》は強引で苦情《くじょう》が多いんだ」

犯罪者《はんざいしゃ》を捕らえるために手段《しゅだん》をえらんでいられないときだってあるでしょう、と言いたいのをカイトはぐっとこらえた。悪人を捕まえるためならばややこしい手続きなどはときに無視《むし》してでも行動を起こしたほうがいいと思っているカイトと、できるだけ平穏《へいおん》に日々を過《す》ごしてよけいな仕事をしたくないロビン警視《けいし》はちがう。

言い返せばさらにお説教が続くのは確実《かくじつ》だ。かわりにカイトはぶぜんとした顔で敬《けい》礼《れい》し宣言《せんげん》した。

「わかりました！　次こそは必ずピーター&《アンド》ジェニイを捕《と》らえてみせます！　では、さっそく捜査《そうさ》に向かいますよ。昨日のやつらの逃走経路《とうそうけいろ》には何軒《なんけん》か開いてる店がありました。目撃者《もくげきしゃ》がいるかもしれません」

言うなり、それ以上文句《もんく》が来ないうちにさっさとカイトは自分のいすにかけてあったコートを肩《かた》にかけて、外へと出ていったのだった。


「そんなわけで捜査中なんだが、ふたりとも何か見なかったか？」

真剣《しんけん》な顔でカイトがボブとダニーを見る。だがふたりは首をかしげるばかりだ。

「おまえたち警官がこのへんでばたばたしてたのは知ってるが、俺《おれ》は何も見てねえなあ。ダニーは店に来るとちゅうで何か見たか？」

「いーや。あっ、でも、ここから西に行ったジェームズの酒場の連中が、昨日見たのはやっぱりピーター&《アンド》ジェニイだったんだ、とか騒《さわ》いでたなあ」

「何、ほんとうか!? ありがとう、礼を言う。また夜にでも飲みにいくからな!」

カイトはふたりに礼を言うと、そのままかけだした。トレンチコートをひるがえし、走っていく背中《せなか》を見て、ボブとダニーは顔を見あわせた。

「あいかわらずせっかちだなあ、あいつは」

「それだけたいへんなんだろ。夜はいい酒を用意しておいてやるかぁ」

言い合い、ふたりは店のなかに戻《もど》っていく。彼《かれ》らとカイトのやりとりを通りのかげでそっと見ていたものがいた。


「危《あぶ》なかったぁ……まさか、カイト警部《けいぶ》が来てたなんて」

通りの物かげにかくれ、カイトが走っていくのを見ていたレンはほっと胸《むね》をなでおろした。怪盗《かいとう》ピーター&ジェニイのときとはちがい、茶色のりっぱなコートを着ていた。内側は黒の執事服《しつじふく》だ。

どこかのお屋敷《やしき》で働く執事《しつじ》そのものの姿《すがた》でレンは物かげから出ていった。

「カイト警部《けいぶ》には僕《ぼく》たちの顔見られちゃってるもんね。用心しないと」

いつも怪盗《かいとう》ピーター&《アンド》ジェニイがあらわれるのは夜だ。その上、霧《きり》の濃《こ》い日が多いとあって、ふたりの素顔《すがお》はほとんどの人に見られてはいなかった。目撃者《もくげきしゃ》がいたとしても遠目でちらりと見たくらいでは、はっきりと顔はわからない。

カメラはあってもシャッターを押《お》してから写真が撮《と》れるまでには一時間ほどかかる。逃《に》げまわるピーター&ジェニイを写真に撮ることは不可能《ふかのう》だ。だから証拠《しょうこ》写真が残ることもない。怪盗ピーター&ジェニイの正体は謎のままだった。

だがカイトだけはいつもピーター&ジェニイを間近まで追いつめてくる。そのため、彼《かれ》には顔を知られてしまっているのだった。

「見つからずにすんでよかったよ。さて、おつかいおつかい……」

なぜレンがこんなところに来ているかというと、リンに買い物を頼《たの》まれたからだ。

リンは以前、レンが買って帰ったジンジャークッキーがとてもお気に入りで、しょっちゅう買いにいくように命令される。

「ええと、ジンジャークッキーとミントキャンディか。まちがえないようにしないと」

メモを見ながらレンは歩きだした。めざすクレアおばさんの雑貨屋《ざっかや》はすぐそこの角を曲がったところだ。同じ店に行くらしい猫耳《ねこみみ》族と人間の子どもが手をつないで走っていった。

クレアおばさんは猫耳族で、彼女《かのじょ》の店に売っているお菓子《かし》は人間向けのものより、甘《あま》みがひかえめだ。人間と猫耳族とは少し味覚がちがうため、猫耳族であるリンがクレアおばさんのクッキーを気に入るのはわかる。

きっとさっき走っていった猫耳族の子どももそうなのだろう。手をつないでいた人間の子はともだちだろうか。

店の扉《とびら》を開けると、女の子たちが目をかがやかせてクッキーの入ったケースをふたり仲よく見つめていた。

「ここのクッキーはとってもおいしいのよ。今日はあたしが買ってあげる！」

「ありがとう、すっごく楽しみ！　猫耳族のクッキーってどんな味かな？」

ほほえましい光景に思わずレンの口もともゆるむ。入ってきたレンにおばさんが声をかけてきた。

「おや、レンちゃん。いつものジンジャークッキーかい？」

「うん、あと、ミントキャンディもお願いします」

「あいよ！　そっちのお嬢《じょう》ちゃんたちはシナモンクッキーでいいかい？」

「はい！　一枚《まい》ずつお願いします！」

先におばさんが女の子たちにクッキーを手渡《てわた》す。女の子たちは店のすみにあるいすにちょこんとすわって食べはじめた。

「あんまり甘《あま》くないんだ！　でも、シナモンの香《かお》りがすてき！　おいしーい」

「でしょう？」

ふたりの会話にますますレンの心がなごむ。誰《だれ》かがうれしそうな顔をしているのを見るのは、自分もうれしいものだ。

だけど注文したジンジャークッキーとミントキャンディを受けとるときに、リンのことを思いだして、少し顔がくもった。リンがクッキーを食べたがるときは落ちこんだりイライラしてるときなのだ。

たぶん原因《げんいん》は、レンが家を出る前に大量に届《とど》いた招待状《しょうたいじょう》だ。今ごろ、ひとりでそれを開けてはいらだっているにちがいない。早く帰って、お嬢《じょう》さまの元気のもと、ジンジャークッキーを渡《わた》してあげなくては。

「ありがとう、おばさん。また買いにくるね」

レンはお金をはらうと、まるで大切な宝物《たからもの》でも抱《かか》えるかのようにジンジャークッキーとミントキャンディの入った紙袋《かみぶくろ》を持って、リンの屋敷《やしき》へと戻《もど》ったのだった。

「はぁ……まったくうんざりしちゃうわ」

レンが買ってきたお菓子《かし》と一緒《いっしょ》に紅茶《こうちゃ》を持っていくと、リンは盛大《せいだい》にためいきをついたところだった。

ぱちぱちと音を立てて燃《も》えるあたたかな暖炉《だんろ》。ふかふかのじゅうたんに、つやつやのマホガニーでできた家具。ピンク色のカーテンとおそろいのソファやクッション。壁《かべ》にはあざやかな青い蝶《ちょう》の標本がかかっており、部屋のすみには真珠《しんじゅ》が縫《ぬ》いつけられた豪華《ごうか》なドレスがトルソーに着せられかざられている。

いつもなら好きなものばかりにかこまれた自分の部屋にいるときは楽しそうにしているのに、テーブルに山とつまれた招待状《しょうたいじょう》を見るリンの眉間《みけん》には深いしわがよっていた。頭の上で猫耳《ねこみみ》もふきげんにぴくぴくしている。ふんわりと広がったドレスのおしりからのびたしなやかなしっぽもいらだちを示《しめ》してゆらゆらゆれていた。

「パーティーの招待状だよね？」

リンの横から、レンはテーブルの上をのぞきこんだ。開けられた招待状がばらまかれている。なかには床《ゆか》に落ちたものさえあった。

「そうよ、どいつもこいつも人間の成金おぼっちゃまばっかり。あたしとの結婚《けっこん》をねらってるのが見え見えだわ！　ああ、もう腹《はら》が立つ！」

「わっわっ、だからって破《やぶ》っちゃだめだよ、リンお嬢《じょう》さま！」

「わかってるわよ！」

リンが今にも破《やぶ》ろうとつかんでいた招待状をテーブルの上に置いた。もっとも一枚《まい》破《やぶ》ったところで、同じような招待状はまだまだあるわけだが。

「いくら貴族《きぞく》の義務《ぎむ》だって言ったって……ホント、いやになっちゃうわ」

くちびるをとがらせ、眉《まゆ》をひそめるリン。

彼女《かのじょ》――リン・ミラーサンドはミラーサンド伯爵家《はくしゃくけ》のひとり娘《むすめ》だ。

人間だけでなく人狼《じんろう》や猫耳《ねこみみ》族にも貴族《きぞく》はいる。昔、別々の国として暮《く》らしていたころに「長」と呼《よ》ばれるリーダー格《かく》だった人たちがいた。ひとつの国にするときに彼《かれ》らも人間の貴族と同じように、住んでいた土地を領地《りょうち》として認《みと》められ貴族となったのだ。

今はみな、同じ人間の女王陛下《へいか》に仕えている。ミラーサンド伯爵家もそのうちのひとつだ。

レンはクッキーをテーブルに置くと、招待状《しょうたいじょう》を一枚《まい》指先でつまんだ。

「絶対《ぜったい》どれかには出ないといけないの？」

「そうよ、つきあいってものがあるもの」

リンが眉間《みけん》にしわをよせたままクッキーを一枚《まい》とってかじる。

王族や貴族、上流階級の人々の集まりを社交界という。貴族にかぎらず、政治《せいじ》にかかわっていたりお金持ちだったりといった上流階級の人々はふだんは自分たちの領地で暮らしていても、十二月になるとロンドンに集まって交流を行うルールなのだ。

でないと社交界のなかで仲間はずれにされてしまう。仲間はずれにされると、貴族《きぞく》としての仕事に差しつかえるのだ。誰《だれ》だって知らない相手より仲のいい相手によくしようと思う。信用してもらえず、仕事のための大事な話を教えてもらえなかったり、取引をしてもらえないと困《こま》るからだ。

パーティーに出たり、おたがいの屋敷《やしき》を訪問《ほうもん》しあって商売や政治《せいじ》の話をしたり、趣《しゅ》味《み》や遊びの話をすることで仲良くなってたがいに信用を作る。貴族にとって社交界での交流は大事な仕事のひとつだった。

「うちは貴族っていってもそんなにお金持ちじゃないし。だから、あたしはできるだけお金をいっぱい持ってる相手と結婚《けっこん》しなきゃいけないの。最近はそんな相手なんて、ほとんど人間ばっかりなんだけどね」

「……好きじゃなくても？」

「そうよ。貴族の結婚なんてそんなものだもの。あたしは今、十四歳《さい》でしょう？　そうね、十八くらいまでには結婚相手を見つけなきゃ。わ、あと、四年しかないわね」

リンの眉間《みけん》のしわがますます深くなる。思わずレンはぽつりとつぶやいた。

「いやならむりに結婚《けっこん》なんかしなけりゃいいのに」

「そういうわけにはいかないわよ。あたしには責任《せきにん》があるんだから」

きゅっとくちびるをひきむすんでリンは背《せ》すじをのばした。横顔にはかたい決意が表れている。

貴族《きぞく》は土地を治め、そこに住む人々から税金《ぜいきん》をとる代わりに、人々や土地を守る責任を負っている。リンの領地《りょうち》で何か困《こま》ったことがあれば、領主であるリンのお父さんやリンたち家族がなんとかしなければならないのだ。

橋が落ちたらかけなおさなければならないし、畑を荒《あ》らす動物が出たら退治《たいじ》するのも領主の仕事だ。他にもお医者さんに補助金《ほじょきん》を出したり、枯《か》れた井戸《いど》の代わりに新しいものを掘《ほ》ったり……そういったことにかかる費用は貴族が出す。そのため土地を治める貴族が貧乏《びんぼう》になってしまうと、住む人みんなが困《こま》るのだ。

だからリンは貴族であることから逃《に》げようとは思わない。彼女《かのじょ》は領民のみんなが大好きだからだ。でも、それができない貴族もいる。

産業革命《さんぎょうかくめい》。そう呼《よ》ばれる工業・商業の急激《きゅうげき》な発達により、近ごろのイギリスには大きな変化が現《あらわ》れていた。今まで平民と言われていた人たちのなかでもいっきに大金持ちになる人が出始め、逆《ぎゃく》に貴族《きぞく》だった人たちが財産《ざいさん》を失って貧乏《びんぼう》になったりした。

ミラーサンド家はもともと貴族としては財力のある家ではない。いつ時代の波に飲みこまれてかたむいてしまうかわからないのだ。ただでさえ、最近は人間が多く住んでいる中央の町のほうが開発が進んでいるため、地方に住んでいる猫耳《ねこみみ》族や人狼《じんろう》は押《お》されぎみなのだ。

領民《りょうみん》の生活のためにも、できれば人間と結婚《けっこん》したほうがいいのはリンもわかっている。わかっているのだが、それでも招待状《しょうたいじょう》の山に目を向けるとその口からはまたためいきが出た。

「はぁぁぁぁ……それにしても人間のおぼっちゃまって、どうしてこうもみんな同じようなお誘《さそ》いしかしないのかしら。畑でかぼちゃを選ぶほうがまだマシだわ」

リンのため息を聞いていると、レンまで胸《むね》が苦しくなってきた。つまらなさそうな目、への字になった口。リンにはそんな顔は似合《にあ》わないと思う。

だってリンの笑顔はとてもすてきだから。だけどリンはきびしい横顔のままうつむいた。

「……お嬢《じょう》さまなんてホント、つまらないわ。やらなきゃいけないことだらけ、やっちゃいけないことだらけ。結婚《けっこん》相手も決められないし、自由に外出もできない」

「リンお嬢さま……」

そんなリンにレンはなんて言えばいいかわからなかった。いつもそうだ。リンがつらい顔をするとき、レンは何かしてあげたいと思うのにどうしていいかわからない。自分がお金持ちだったらよかったのに。

レンはリンが好きなのだ。だからいつも笑っていてほしいと思う。

その気持ちを知ってか知らずか、リンは立ちあがって部屋のなかをゆっくりと歩いた。壁《かべ》にかけられたきれいな蝶《ちょう》の標本や、トルソーに着せられたドレスを見て、少しだけ微笑《ほほえ》む。

「こうしてあたし好みのかわいいものにかこまれてるときだけよ、心が安まるのは」

さみしそうな笑みにレンの胸《むね》はよけいにしめつけられた。ちがう。見たいのはそんなかなしい笑顔じゃない。

「リンお嬢《じょう》さま、何か欲《ほ》しいものはない？　ボク、お嬢さまが笑ってくれるならどんなものだって手に入れるよ！」

「うれしいこと言ってくれるじゃない。さすがはあたしの忠実《ちゅうじつ》なしもべね」

リンが口もとに人さし指をあてて、首をかしげる。しばらく考えた後、何か思いついて手をたたいた。

「そうね……じゃあ、次は宝石《ほうせき》が欲《ほ》しいわ。世界であたしに一番にあう宝石じゃないとダメよ」

「世界で一番お嬢《じょう》さまににあう宝石かぁ……」

「何かないかしら？　たとえば世界で一番大きなダイヤモンドとか？」

わくわくした顔でレンを見つめるリン。ものすごく期待されているのを感じて、レンはドキドキした。お嬢さまに笑ってほしい一心で言ったことだけど、これは責任《せきにん》重大だ。何かないか、何か――

「あっ、そうだ！　ちょっと待ってて！」

ぴんっとしっぽを立てるとどたばたとレンはリンの部屋を出ていった。そして新聞を片手《かたて》に戻《もど》ってくる。

「これだよ、これ！　今朝のロンドンタイムズにすごい宝石《ほうせき》の話が載《の》ってたんだ！」

「すごい宝石？」

「うん、『人魚の涙《なみだ》』っていうんだって」

「なんですって!?」

リンの目がぎらりと光ったかと思うとレンの手から新聞をうばいとって、食い入るように読みはじめた。レンがかたずをのんで見まもっていると、記事を読むうちにどんどんリンのくちびるがほころんでいく。

「これよ！　これだわ！　さっすがレン、あたしの欲《ほ》しいものをぴたりと当ててくれるのね。あなたって最高の執事《しつじ》だわ！」

「わわわっっ、り、リンお嬢《じょう》さま！　苦しいよ～」

いきなりぎゅっと抱《だ》きつかれてレンは真っ赤になった。うれしいのと照れくさいのとはずかしいので心臓《しんぞう》が破裂《はれつ》しそうになる。

「あ、ごめんなさい」

でもリンは軽く肩《かた》をすくめただけでレンから腕《うで》を離《はな》した。ドキドキしているのは自分ばっかりでリンにはなんとも思われてないことにちょっとがっかりしながら、レンは抱《だ》きつかれてゆがんだネクタイを直す。

「『人魚の涙《なみだ》』ってそんなにすごい宝石《ほうせき》なの？」

「そうよ。だって幻《まぼろし》の宝石って呼《よ》ばれるほどだもの」

リンが指を組みあわせて、うっとりとした顔になる。

「『人魚の涙』はね、人魚が恋《こい》をしたときに流す涙からできるって言われてる宝石なの。人魚は知ってるわよね？」

「話くらいは聞いたことあるよ。会ったことはないけど」

「しかたないわ、人魚は海のなかからめったに出てこないもの」

人魚は世界中の海を季節に合わせて旅してまわる、人間の上半身と魚の下半身を持つ種族だ。海の底に住んでいるため、めったに陸には上がってこず、陸に住んでいる種族とはあまり交流がない。

「昔ね、猫耳《ねこみみ》族のある一族が『人魚の涙』を手に入れたことがあるんですって。恋をするとできる宝石《ほうせき》なんてすてきじゃない？　お嫁《よめ》入りのときに持っていく大事な宝物《たからもの》として受けつがれてたんだけど……戦争でなくなっちゃったのよ」

人間や人狼《じんろう》、猫耳《ねこみみ》族のあいだはずっとうまくやってこれたわけではない。ときには住んでいる土地のうばいあいや風習のちがいなどで争いになることもあった。

「いつかは見てみたいって思ってたけど、まさかこんなところで見つかるなんて！」

「でも、新聞には持ち主のブラム男爵《だんしゃく》が遺跡《いせき》で見つかったものを買いとったって書いてあるよ？」

「そんなのうそに決まってるわ。幻《まぼろし》の宝石《ほうせき》なのよ。世界にいくつあるか……それにブラム男爵《だんしゃく》っていったらお金でむりやり人に言うことを聞かせるいやな人間じゃない。きっと『人魚の涙《なみだ》』も悪い方法で手に入れたに決まってるわ」

「そういうものかな？」

「そういうものよ！」

ブラム男爵は鉄道会社の社長で最近上流階級の仲間入りをした人間だ。ありあまるお金で貴族《きぞく》の地位やえらい人とのつながりを手に入れいっきにのしあがってきた。だが強引なやり口が多いと評判《ひょうばん》で、彼《かれ》のせいで貧乏《びんぼう》になってしまった人たちも多い。

「もともとは猫耳《ねこみみ》族の宝物《たからもの》だった宝石《ほうせき》なんだし、たしかにあたしにはにあうでしょうね。……がぜん手に入れたくなってきたわ。でもいくらお金を積んだって男爵《だんしゃく》は絶対《ぜったい》に手放さないでしょうね。そもそも向こうのほうがうちよりずっとお金持ちだし」

歯がみしながら新聞記事をながめていたリンだが、くしゃっとそれをにぎりつぶすとレンを見た。勝ち気につりあがった目がイタズラっぽくかがやいている。

「そうとなったら、わかってるわよね。怪盗《かいとう》ピーター&《アンド》ジェニイの出番よ。あの宝石を取りにいきましょう！」

ピクニックにでも誘《さそ》うかのような気軽な口調。その顔はさっきまでのたいくつそうなお嬢《じょう》さまリンとはまるでちがっていた。獲物《えもの》をねらうするどい猫の目に、にぃっと楽しげにつりあがったくちびる。怪盗ジェニイとしての表情《ひょうじょう》だ。

壁《かべ》にかざられた蝶《ちょう》の標本や、トルソーに着せられたドレスもすべて今までの戦利品である。蝶はすでに絶滅《ぜつめつ》し、標本がロンドンの博物館に展示《てんじ》されていたところをうばってきたものだ。そしてドレスは大女優《だいじょゆう》ジェニファー・レーンが舞台《ぶたい》で着ていたもの。

彼女《かのじょ》が亡《な》くなった後、エドワード氏が買いとっていたのを盗《ぬす》んできた。他にも絵画や陶器《とうき》、アクセサリーなど……ふたりが今まで盗《ぬす》んできたものがこの部屋のあちこちにはかざられている。ここはリンの部屋であると同時に戦利品をかざるコレクションルームでもあったのだ。

大好きなお嬢《じょう》さまのいつものわがままに、レンは怪盗《かいとう》ピーターとして力強くうなずいた。警戒《けいかい》の厳重《げんじゅう》なお宝《たから》を盗みだすことはたいへんだけど、リンが笑ってくれるならレンはなんだってできる。

昔、レンは十二歳《さい》になると同時に仕事をさがしてロンドンへやってきた。兄弟の一番上だったからだ。ロンドンなら靴《くつ》みがきなり、新聞配達なり何か仕事があるはずだと思ってやってきたが、都会の風は冷たかった。

思うようにお金がかせげなくておなかがへって、路地裏《ろじうら》にあるリンゴ箱のなかでうずくまっていると――リンがあらわれたのだ。

「あなた、働くところがないの？　あたし、ひっこしてきたばかりでうちで働いてくれる人を探《さが》してるのよ。よかったらうちにこない？」

そう言っておなかいっぱい食事を食べさせてくれた。口のまわりをよごしてシチューを食べるレンに「おいしい？　よかった！」と言ってくれたリンの顔。ひまわりみたいな明るい笑顔にレンは一瞬《いっしゅん》で恋《こい》に落ちたのだ。

以来、レンはリンに恩《おん》を返すため、そして大好きなリンに笑ってもらうために執事《しつじ》として仕え、怪盗《かいとう》の相棒《あいぼう》として協力してきたのだ。

それに怪盗ピーター&《アンド》ジェニイでいるあいだはお嬢《じょう》さまとか執事とか関係なくふたりで冒険《ぼうけん》を楽しめる。ふたりでスリルと秘密《ひみつ》を共有しているというドキドキはレンにとって何よりの宝物《たからもの》だった。

だからリンの手をとって、どんな宝石《ほうせき》より強いかがやきを宿す瞳《ひとみ》を見つめる。

「もちろんだよ、ジェニイ。僕《ぼく》たちピーター&ジェニイに盗《ぬす》みだせないものなんてあるもんか。いつもどおり華麗《かれい》に優雅《ゆうが》にいただきにいこう。『人魚の涙《なみだ》』は男爵《だんしゃく》なんかより、君のほうがずっとずっとにあうよ」

「ありがとう、あなたならきっとそう言ってくれると思ってたわ。だって、あなたはあたしの忠実《ちゅうじつ》なしもべだもの」

リンが花のような笑みを見せくるっと回った。ふんわりとドレスのすそが広がって、しなやかなしっぽが楽しげにおどる。

「そうと決まればさっそく予告状《よこくじょう》を出しましょう！　男爵《だんしゃく》の屋敷《やしき》に下見にも行かないといけないわね」

「新聞には『人魚の涙《なみだ》』をおひろめするパーティーがあるって書いてあったよ」

「パーティー？　あ、そういえば……」

リンがテーブルに積まれた招待状《しょうたいじょう》のなかから、やたらぎらぎらした金の縁《ふち》どりがしてある一枚《まい》を取りだした。

「あったわ、これよ！　ブラム男爵ってあたしの婚約者《こんやくしゃ》第一候補《こうほ》なのよ。お父さまたちからもお誘《さそ》いがあったらパーティーに参加するように言われていたから、ちょうどよかったわ」

「えええっ、リ、リンお嬢《じょう》さま、そいつと結婚《けっこん》するの!?　いやなやつなんだよね？」

思わずおどろいた顔になるレンのおでこをリンが指先でつっついた。

「バカね、あくまでも候補よ、候補！」

「あ、そ、そうだよね、ごめん」

「あたしだってできれば結婚《けっこん》なんてしたくないけど、すごくお金持ちだし、今一番勢《いきお》いのある会社の社長だし……」

話しているうちにどんどんリンの眉間《みけん》のしわが深くなる。レンはあわてて『人魚の涙《なみだ》』の載《の》っている新聞を指さした。

「まあまあ、そんないやなやつなら絶対《ぜったい》、『人魚の涙』を盗《ぬす》みだして、ぎゃふんと言わせてやろうよ！」

リンがきげんを直して、明るい顔になった。

「それもそうね！　招待状《しょうたいじょう》があればどうどうと屋敷《やしき》に入って下見ができるし。めんどくさいばっかりだと思ってたけど、たまにはいいことあるわね。このパーティーのすきにしっかり屋敷のようすを見てきましょう」

「オーケー。じゃあ役に立ちそうなものを用意しておくよ」

「お願いするわ。あなたのこと頼《たよ》りにしてるんだからね」

「それは光栄だね」

怪盗《かいとう》どうしの目配せを交わしあいながら、ふたりはくすくすと笑った。

「じゃあ、ボクは自分の部屋に戻《もど》るね。予告状《よこくじょう》よろしく」

頼《たよ》られたからにはがんばらないと。レンは準備《じゅんび》を進めるためにはりきって自分の部屋へと戻っていった。

レンが部屋を出ていってから、リンはふっとまじめな顔つきになった。猫耳《ねこみみ》族の耳でも聞こえないような小さな声でぼそぼそとつぶやく。

「ほんとうに……人間なんて大きらいよ。あんなやつらからはどんどん盗《ぬす》んじゃえばいいの。だって、あいつらはあたしから一番大事なものをうばっていくんだもの。とくにブラム男爵《だんしゃく》。ああいうやつがいるからあたしは……」

せつなげな目でリンはレンが出ていった扉《とびら》をみつめ、爪《つめ》をかんだ。

「結婚《けっこん》相手を選ぶ自由だってないんだわ」

ささやくような声はじゅうたんに吸《す》いこまれ、誰《だれ》の耳にも届《とど》くことはなかった。

リンがブラム男爵を悪く言うのには理由があった。

産業革命《さんぎょうかくめい》により開発が進み、ロンドンやその近くにおよぶ都市はたしかに豊《ゆた》かになった。だが地方はそれに取り残されていた。

最初に産業革命《さんぎょうかくめい》が起きたのはイングランドだった。ロンドンを中心とした工業や貿《ぼう》易《えき》はイングランドの経済《けいざい》を急発展《きゅうはってん》させた。そして、スコットランドやウェールズなどにある地方都市もそれに続こうとした。

だが、鉄道も整備《せいび》されておらず、貿易に使われる港からも遠い地方では、作ったものを輸出《ゆしゅつ》するのも逆《ぎゃく》に他の国から輸入《ゆにゅう》するのもうまくいかなかった。さらに工業開発に必要な人員も中央ばかりに集まり、地方にはこない。こうして地方とロンドンなど中央都市の差はどんどんはげしくなっていく。その上、地方を飢饉《ききん》が襲《おそ》ったのだ。貿易や投資《とうし》に失敗した地方貴族《きぞく》は飢饉《ききん》に困《こま》る人々を助ける力は残っていなかった。人々は食べるものすらことかく生活を送るようになっていた。

今まで庇護《ひご》してくれていた領主《りょうしゅ》からの助けがなくなり、作物は売る分どころか自分たちが食べる分も取れない状態《じょうたい》が続く。仮《かり》に領主《りょうしゅ》だった貴族がいたとしても、財政難《ざいせいなん》で自分たちの住んでいた土地を新興《しんこう》の金持ちに売り渡《わた》すこともしょっちゅうだった。

そこにつけこんだのがブラム男爵《だんしゃく》なのだ。

ブラム男爵は破産《はさん》した貴族《きぞく》やお金に困《こま》った貴族の土地を買いあげ、そこをどんどん自分で開発し始めた。そして自分の部下であるものだけをその土地に住ませ、働かせることにしたのだ。もとからそこに住んでいたものたちがどうなるかといえば――

「そんな！　一週間後までに出ていけだなんて！　うちの土地はご領主《りょうしゅ》さまから貸《か》していただいてる土地で……」

荒《あ》れはてた畑のそばに建つ一軒《けん》の小さな家。ぼろぼろの家の前で、やせこけた人狼《じんろう》の男性《だんせい》が必死に頭を下げていた。相手はぴかぴかのスーツを着た人間の男だ。眼鏡《めがね》をかけた背《せ》の高いその男は困《こま》ったように肩《かた》をすくめた。

「そう言われましてもねぇ……領主さまからうちの旦那《だんな》さま、ブラム男爵がこの土地を買いあげたんですよ。ですから、今後もここを使いたいなら賃貸料《ちんたいりょう》をはらってもらわないことにはねぇ……」

「賃貸料って……あんな税金《ぜいきん》よりも高い金をはらったら、何も残らなくなっちまう！」

「じゃあ、出ていってもらうしかありませんねえ」

「そんな……行くところなんて、どこにも……」

弱りはてた人狼《じんろう》の肩《かた》に気味わるくにやついた顔で眼鏡《めがね》の男性《だんせい》が手を置いた。

「では、こうするのはどうでしょう。賃貸料《ちんたいりょう》はただにします。ただし、畑でできたものは全部男爵《だんしゃく》に納《おさ》める。あなたがたにはいくらかのお給料をはらうことにしましょう」

「そんな……全部だなんて……」

「ずいぶん大きなお子さんもおられるようですし、そういった子はここではなくて炭《たん》鉱《こう》や男爵の屋敷《やしき》で働いてもらってもかまいませんよ？」

「…………」

だまりこんだ男に家から出てきた青年が声をかけた。

「父ちゃん、俺《おれ》、外に働きに出るよ。そんで仕送りしたら、なんとかやっていけるだろ。妹はまだ小さいし、行くあてもないのに家を追いだされるわけにはいかないよ」

「……すまない、すまないなぁ」

「では契約《けいやく》成立ですね。こちらにサインを」

こうやってブラム男爵は地方の農民を安い給料で雇《やと》い入れ、こき使い、さらにお金

を儲《もう》けているのだ。地方に住んでいるものは種族に関係なく同じような目にあってい
た。この時代、中央と地方の格差《かくさ》はどんどん開いていたのだ。
だが、リンにとって問題なのはブラム男爵《だんしゃく》を筆頭とする彼《かれ》ら新興勢力《しんこうせいりょく》のほとんどが
『人間』であることだった。リンからすれば『人間』が人狼《じんろう》や猫耳《ねこみみ》族の土地に攻《せ》めて
きたように感じていたのだ。そして、そのせいで自分は見ず知らずの、好きでもなん
でもない人間と結婚《けっこん》しなくてはならない……。
頭ではわかっていても納得《なっとく》なんてできなかった。だから、リンはブラム男爵《だんしゃく》も同じ
ように金ですべてを解決《かいけつ》する人間たちも大きらいなのだった。

「ふぅん、なかなかじゃないの」
おひろめパーティーは昼に行われた。招待《しょうたい》された貴族《きぞく》の令嬢《れいじょう》らしく、たっぷりのレ
ースがついたピンクのドレスを着たリンはブラム男爵家の広間を見まわした。
大理石でできた床《ゆか》に天井《てんじょう》をかざるクリスタルガラスのシャンデリア、重厚《じゅうこう》な木枠《きわく》の
窓《まど》はどれもピカピカに磨《みが》かれた真新しいものだ。由緒《ゆいしょ》正しい調度品や歴史の重みを感

じさせるものこそなかったものの、屋敷《やしき》の主の裕福《ゆうふく》さを十分にあらわしていた。

シャンデリアのきらきらしい光が、リンの髪《かみ》にかざられたピンクのリボンやつややかな猫耳《ねこみみ》をかがやかせ、彼女《かのじょ》をいっそうまぶしくみせる。うちのお嬢《じょう》さまがパーティー会場のなかで一番きれいだ、なんて見とれながらレンはリンにラズベリージュースの入ったグラスをさしだした。

「リンお嬢さま……じゃなかった。リン、飲み物を持ってきたよ」

「ありがとう。でも、しっかりしてよね。あなたは今日、あたしの執事《しつじ》じゃなくって、従兄弟《いとこ》のレン・ミラーサンドなんだから」

「わかってるって」

パーティーに貴族《きぞく》の令嬢《れいじょう》がひとりで来るわけにはいかない。レンはリンの従兄弟のふりをして、お嬢さまをエスコートするにふさわしい格好《かっこう》をしていた。深い黒のフロックコートに瞳《ひとみ》と同じ深い青のネクタイがなかなかさまになっている。

「それにしても、大盛況《だいせいきょう》だね」

広間には大勢《おおぜい》の人が集まっていた。

「そりゃお金を持ってるんだもの。ブラム男爵《だんしゃく》とこれを機会におつきあいを深めたいって人はたくさんいるはずよ。人間にかぎらずね」

リンの言葉どおり、人間の紳士《しんし》や令嬢《れいじょう》以外に猫耳《ねこみみ》族や人狼《じんろう》も客としてやってきていた。彼《かれ》らの表情《ひょうじょう》ははっきり二種類にわかれていた。ひとつはただ明るくこの場を楽しんでいるもの、そしてもうひとつは緊張《きんちょう》し男爵《だんしゃく》が来る方向を気にしているものだ。ふたつのちがいは男爵とすでになかよくなっているか、いないかだ。

人間も人狼も猫耳族も、男爵とこれからなかよくなり、彼の助けを受けようというものはみな、青ざめて少しおびえたような表情《ひょうじょう》をしている。

「……ブラム男爵《だんしゃく》はウェールズやスコットランドにもどんどん鉄道を広げてるわ。バーミンガムに大きな駅ができたでしょう？　そこから、ウェールズの昔の首都、カーディフまで線路がつながったの。鉄道が通ればその場所は便利になるし、領主《りょうしゅ》としては自分の領地に来てほしいわよね」

「もしかして、リンの家も？」

「あたりまえじゃない」

リンの家、ミラーサンド家はウェールズでも南西に位置するカーマゼンシャー州の中央、カーマゼンを領地《りょうち》としている。カーディフから見れば西。ブラム鉄道がカーディフから北か西のどちらに先に線路をのばしていくかは重要な問題だった。

スコットランドでも同じようにイングランドとの中継点《ちゅうけいてん》となるエディンバラ駅ができた。そこから自分たちの領地に線路を引き入れようとして、仕立てのいいフロックコートに身を包んだ人狼《じんろう》の紳士《しんし》たちが緊張《きんちょう》した面持ちで広間の入り口を見つめている。

ブラム男爵《だんしゃく》があらわれたら、すぐにあいさつに行くつもりなのだ。

彼《かれ》らに少しだけ同情《どうじょう》の視線《しせん》を送ってから、リンも入り口に目を向けた。その顔は真剣《しんけん》だ。ミラーサンド家を背負《せお》うご令嬢《れいじょう》としての横顔は、なんだかひどく遠く見えて、レンは思わずリンのそでを引いた。

リンがおどろいた顔でレンを見る。

「なぁに?　どうしたの?」

「う、ううん、なんでもない」

リンが自分の手の届《とど》かない場所に行きそうで不安になった、なんて口には出せない。

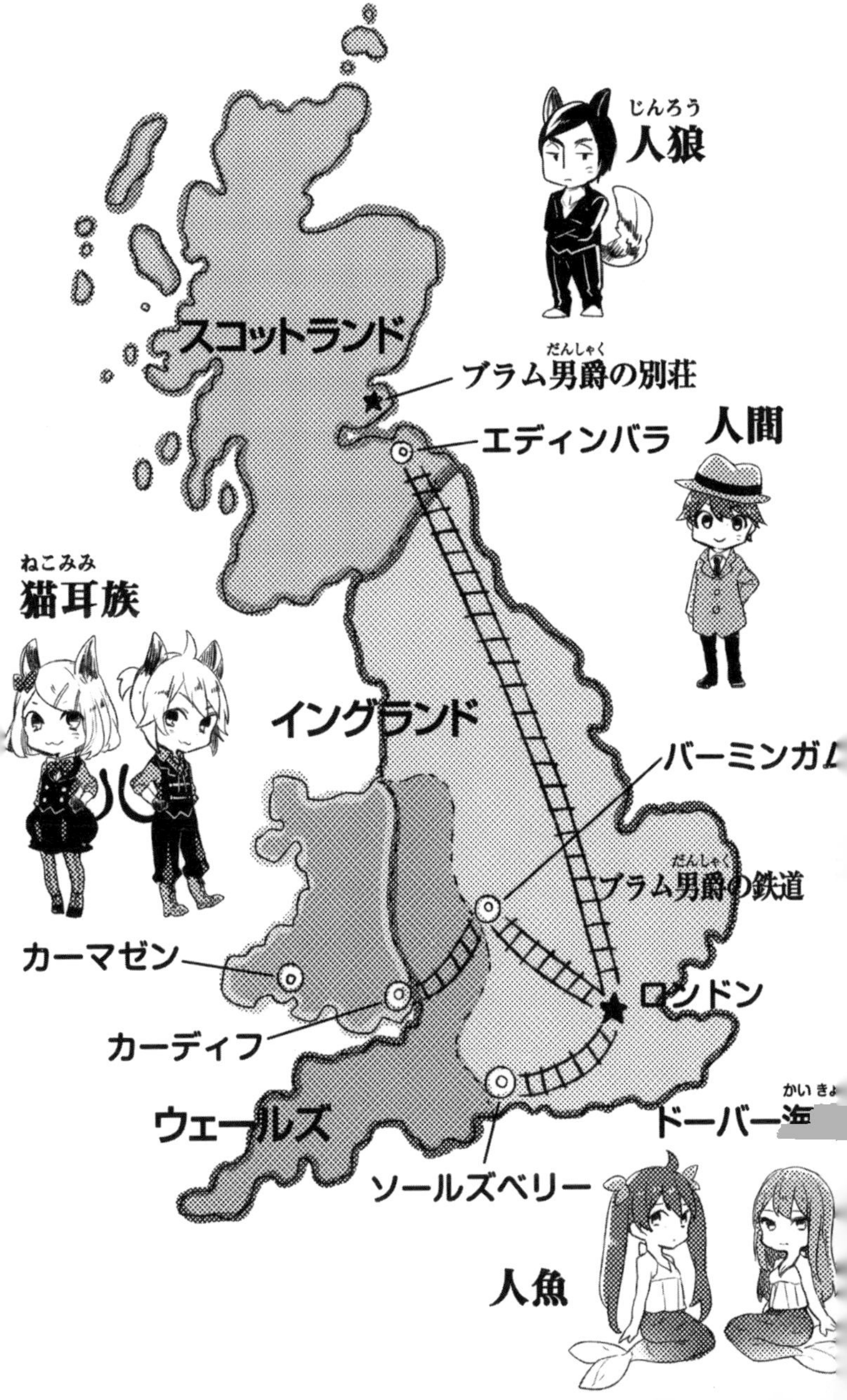

人狼《じんろう》
スコットランド
ブラム男爵《だんしゃく》の別荘
エディンバラ
人間
猫耳《ねこみみ》族
イングランド
バーミンガ
ブラム男爵《だんしゃく》の鉄道
カーマゼン
ロンドン
カーディフ
ウェールズ
ドーバー海《かい》
ソールズベリー
人魚

代わりにレンはリンを自分のそばに引きとめるように、別の話題を出した。

「じゃあ、リンは家の代表としてあいさつに行くんだよね？　僕《ぼく》はそのあいだに屋敷《やしき》のようすを調べればいいのかな？」

「ええ、パーティーはあたしにまかせてくれていいから、屋敷《やしき》の下見は頼《たの》んだわよ。『人魚の涙《なみだ》』を置いておきそうな場所や、警備《けいび》の人数、逃《に》げるルートなんかをしっかり調べてきてちょうだいね」

「了解《りょうかい》」

ジュースを片手《かたて》にひそひそ声で話しあう。そうしていると、広間の入り口でわっと歓声《かんせい》があがった。主賓《しゅひん》であるブラムがあらわれたのだ。黒髪《くろかみ》をオールバックになでつけ、はしばみ色のおだやかな目をした三十半ばくらいの紳士《しんし》だった。仕立てのいいフロックコートに趣味《しゅみ》の悪い真っ赤なネクタイをしている。

「うわ、趣味わるーい」

「しっ、聞こえるよ、リン」

さいわいリンのつぶやきは人々のざわめきにかきけされ、聞こえなかったようだ。

そして広間に集まった人たちの目はブラムではなくその後ろに向けられていた。

使用人がゆっくりと押《お》しているガラスケースのなかに入っているひとつぶの宝石《ほうせき》。それはまさしく『人魚の涙《なみだ》』だった。ひと目見ただけでふつうの宝石《ほうせき》とはちがうとわかる、はかなく消えてしまいそうなあわいピンクのかがやき。ハート型になっているのは、恋《こい》をしたときに流す涙からできるからだろうか。

人魚の少女の恋心をそのまま形にしたような清楚《せいそ》でうるわしい宝石に人々は感嘆《かんたん》の声をもらし、見いった。もちろんリンの視線《しせん》も『人魚の涙』に釘《くぎ》づけだ。

「こちらが東方のある遺跡《いせき》で発掘《はっくつ》されたという『人魚の涙』です。今宵《こよい》はみなさまにおひろめしたくパーティーを開きました。もし欲《ほ》しい方がおられましたら、お譲《ゆず》りしますよ？　相応《そうおう》のお値段《ねだん》はつけさせていただきますがね……ふふふふふっ」

ブラムのセリフで、客たちがいっせいにブラムと『人魚の涙』の周りへと集まった。リンもそのなかにまぎれてブラムに近づく。それを見て、レンは大さわぎする人々のなかをすりぬけ、こっそり広間を出ていったのだった。

広間をぬけだしたレンはブラム男爵《だんしゃく》の屋敷《やしき》のなかをあちこち見てまわっていた。男爵の屋敷はお金持ちだけあってかなり広い、三階建ての建物だ。部屋も三十はある。しかも、いろんなところに屈強《くっきょう》そうな人狼《じんろう》の警備員《けいびいん》が立っているのだ。

(うーん……これはけっこうめんどくさそうだぞ……)

警備員の位置や人数を確認《かくにん》しながら、レンは首をひねった。

人狼は人間や猫耳《ねこみみ》族より鼻がいい。かくれても気づかれてしまうかもしれない。それに脚《あし》もけっこう速いし、なにより猫耳族よりも持久力《じきゅうりょく》があるからずっと追いかけまわされるとこっちが不利だ。

(何か対策《たいさく》を考えておかないとな……)

見つからないように足音をひそめ、物かげにかくれながら屋敷のようすを探《さぐ》る。警備員が人狼だけなのかを確《たし》かめるためだ。

人間の大都会であるロンドンには他の種族は少ない。人口の六割が人間で残り二割ずつが人狼と猫耳族だ。ブラム男爵の屋敷ほどの広さなら、警備員にはかなりの人数がいるはずだ。その全員が人狼であるとは考えにくい。人間や猫耳族も混ざっているなら、そこにつけいるすきがあるかもしれない。

そう考えてレンは屋敷《やしき》を見てまわったが、どうやら警備《けいび》に使われているのは人狼《じんろう》だけのようだ。念のためにろうかにいた猫耳《ねこみみ》族のメイドにたずねてみる。

「ねえ、この家って警備員は人狼ばっかりなの？」

「はい、彼らは強いので警備員は人狼だけにするのがご主人さまの希望なんです」

「でも、人狼ってロンドンじゃ少ないよね？　集めるのたいへんそうだなあ」

「ご主人さまはスコットランドにも土地をお持ちですから。仕事がなくて困《こま》っている人狼の方をたくさん雇《やと》ってさしあげてるんです」

ポニーテールに茶色の猫耳をしたレンと同い年くらいの女の子がおどおどしながら教えてくれる。レンは女の子のおびえたようすになんとなくいやなものを感じた。もともと猫耳族はきゃしゃで小柄《こがら》だが、それにしても細すぎるのも気になる。

「ね、君、ちゃんと食べてる？」

「にゃっ!?」

思わずそう聞いてしまったレンにメイドの少女はびくりと身をふるわせた。

「え、えーと、何を言ってるんです？　ご主人さまはおやさしい方です。ちゃんとおなかいっぱい食べてますし、お給料もいっぱいです……よ？」

ふるえた声と青ざめた顔にうそだと気づくレン。きっと主人であるブラムにおどされているのだ。胸《むね》がむかむかしてきた。

「ねえ、どうして君、ここで働いてるの？　他にもお屋敷《やしき》はあるよね？」

「い、行くところもないし、亡《な》くなったお母さんが男爵《だんしゃく》さまにいっぱい借金をしてたんです……。と、そろそろお仕事に戻《もど》らないとしかられます」

「そっか。引きとめてごめんね。いろいろありがとう、助かったよ」

少女と別れたレンは屋敷のあちこちを見てまわった。

警備《けいび》の厳重《げんじゅう》な場所や、脱出《だっしゅつ》に使える窓《まど》や裏口《うらぐち》を確認《かくにん》する。肝心《かんじん》の宝石《ほうせき》を置きそうな場所も見つけた。二階に、やたらと多くの警備員《けいびいん》が周りをうろうろしている部屋があったのだ。迷子《まいご》になったふりをしてたずねてみたら書斎《しょさい》だと言われたが、書斎にあんな警戒《けいかい》をするわけがない。

きっとあのなかにはお宝《たから》がかくしてあるのだと確信《かくしん》して、レンは書斎のあった場所をしっかり覚えて、いったんその場から離《はな》れた。

庭に出て、書斎《しょさい》のあった位置を見上げると小さな窓《まど》があった。小柄《こがら》なリンとレンなら十分通れる窓だ。二階にあるが、リンとレンならロープがあればのぼれる。それを確認《かくにん》するとレンは広間に戻《もど》るために屋敷《やしき》のなかへと戻《もど》った。

とちゅう、同じように警備《けいび》の人狼《じんろう》や他のメイドからも話を聞いたが、みんな最初のメイドと同じことを口にした。行くあてがない、借金がある、家族みんな男爵《だんしゃく》に雇《やと》われていて、誰《だれ》かがとちゅうでやめると契約違反《けいやくいはん》で他の家族に罰金《ばっきん》が科せられるなど。

みんな口をそろえて、男爵はやさしいし給料もいいというが、やせておびえた姿《すがた》を見たら、それがうそなのはわかりきった話だった。

（リンお嬢《じょう》さまが聞いたら絶対怒《ぜったいおこ》るよね）

自分以外のものをまるでお金儲《もう》けのための道具としてあつかっている男爵の話を聞いて、レンはどんよりと重苦しい気持ちになった。

（こんなヤツと結婚《けっこん》しなきゃいけないのかな、リンお嬢さま。そんなのいやに決まってるよ、いくらお金持ちだからって……。僕《ぼく》がなんとかしてあげられればいいのに）

ぼんやりしながら歩いているうちに、人気のない場所に出てしまった。屋敷《やしき》の一番奥《おく》らしく、地下へと続く小さな階段《かいだん》がある。

（おっと、いけないいけない。しっかりしなきゃ。……って、ここ、なんだろう？　倉庫かな？　まさか、こっちがお宝《たから》をかくしてる場所だったりして。だとするとやっかいだな、地下って逃《に》げにくいんだよね）

ようすをうかがおうと階段をのぞきこむと、かすかにうめき声が聞こえた気がした。気のせいかと思ってしまいそうな、小さな小さな声。

「……!?」

だけど、それがひどく気になってレンは階段を降《お》りようとした。

と、そのとき。

「おい、そこで何をしている？」

ふいに後ろから声をかけられ、レンはびくっと肩《かた》をふるわせた。おそるおそるふりかえる。すると、そこにいたのはうすい茶色のコートを着た青年――カイトだった。思わぬ人物の登場にレンはかたまる。それはカイトも同じだった。

「か、カイト警部《けいぶ》!?」

「おまえはピーター！　そうか、『人魚の涙《なみだ》』を盗《ぬす》みにきたんだな!?」

レンはあわてて後ろに飛びすさった。カイトがふところから手錠《てじょう》を取りだし、一触《いっしょく》即発《そくはつ》の空気が流れる。

「ここであったが百年目、逮捕《たいほ》するぞ！」

「ちょ、待って待って！　僕《ぼく》、まだ何にもしてないって。なのに、捕《つか》まえられるの？　だいたい僕がその怪盗《かいとう》ピーターだって証拠《しょうこ》がどこにあるのさ」

「ぐっ……その顔を見間違《みまちが》えるはずがないだろう！」

「でも僕がピーターだって他の誰《だれ》もわからないだろ。カイト警部以外に顔を見られたことないもの。僕が盗《ぬす》みをしているところを現行犯《げんこうはん》で逮捕するならともかく、ちょっと無理じゃない？」

軽い調子で言いかえしながらも、内心レンは冷や汗《あせ》をだらだら流していた。このままパーティー会場にいるリンのことがばれるのはまずい。どうにか切りぬけなければいけない。ごまかすようにレンはカイトに話しかけた。

「カイト警部《けいぶ》こそ、何しにきたの？　パーティーでお嫁《よめ》さん探《さが》しとか？」

「バカもの！　おまえたちが予告状《よこくじょう》を出したからに決まってるだろう！」

「あいにくだけど、見てのとおり、僕《ぼく》はまだ何も盗《ぬす》んでないし、『人魚の涙《なみだ》』ならパーティー会場にあるよ。疑《うたが》うなら見てきたら？」

「入れるならそうしてる！　まったく予告状《よこくじょう》が届《とど》いたというのに男爵《だんしゃく》ときたら……貧《びん》乏《ぼう》な警部風情《けいぶふぜい》をパーティー会場に入れるわけにはいかないときたもんだ。警備《けいび》には万全の自信がある？　こうしてピーターがもぐりこんでいるじゃないか！」

油断《ゆだん》なくレンをにらみながら、カイトが早口でぶつくさ言う。どうやらカイトもブラム男爵にはいろいろ思うところがあるらしい。

「やれやれ、あなたもたいへんなんだね。ちょっと同情《どうじょう》するよ。でも、僕はほんとうに何もしてないんだし、ここは見のがしてくれないかな」

「そう言われて、ほいほい見のがすわけにいかないだろう。ええい、ごちゃごちゃ言わずに覚悟《かくご》しろ！　話は取り調べ室で聞く！」

ついにキレたカイトが手錠片手《てじょうかたて》に飛びかかってきた。レンはあわててそれをかわす。

と、カイトのポケットから一枚《まい》の写真が落ちた。カイトがびくりとなって動きを止め、ひろおうとする前にレンはそれをつかんだ。

人魚の少女をカイトがお姫《ひめ》さまのように抱《だ》きあげている写真だった。セピア色のため、髪《かみ》や服の色はわからないが、ツインテールのしとやかそうな少女がキャミソールを着て、幸せそのものの笑顔でカイトの腕《うで》に抱かれている。

人魚はめったに人前に現《あらわ》れない種族だ。それがまるで人間と恋人《こいびと》のように写真に写っていることにレンは衝撃《しょうげき》を受けた。人魚と人間の恋なんておとぎ話にしかないと思っていたのに。

「その写真を返せっ！　友人に無理を言って、撮《と》ってもらったんだ！」

「えっ？　ちょっ、か、カイト警部《けいぶ》？　うそ、人魚が恋人だったの？」

おどろきに目をまるくしながら、レンは写真を取りもどそうと向かってくるカイトからひょいひょいと身をかわした。

「ちがう！　恋人なんかじゃない！　その写真は彼女《かのじょ》がどうしても一度撮られてみたいと言ってたから撮っただけで……」

カイトがほおを真っ赤にして言いよどむ。立ちどまり、レンから目をそらして早口で言いわけするカイトにレンは目を丸くした。まさかカイトにこんな純情《じゅんじょう》な一面があったなんて思いもしなかった。

「でも写真って撮《と》るのにすごく時間かかるよね？　この格好《かっこう》疲れるんじゃない？　そのあいだずーっとお姫《ひめ》さまみたいに抱《だ》いてたのに、恋人《こいびと》じゃないとか……」

何言ってるんだ、この人はという顔でレンがカイトを見る。カイトがますます赤くなった。耳までりんごのような色に染《そ》まっている。

「そ、そのポーズも彼女《かのじょ》のリクエストだったんだ！　疲れようがなんだろうが、一度やると決めたものをやめられるか！　しかもあんなに喜ばれたんじゃ……」

「へー、やっぱり疲れるのに彼女のリクエストだからがんばったんだ。カイト警部《けいぶ》、やるなあ。やっぱり彼女のこと好きなんでしょ？」

幸せそうに微笑《ほほえ》む少女とは反対に写真に写ったカイトはとても緊張《きんちょう》した顔をしていて、腕《うで》にぐっと力がこもっているのがわかる。それが逆《ぎゃく》にカイトがとても彼女を大切にしていることを伝えてきていた。

「ううう、うるさい！　おまえに関係ないだろ！　いいから返せ！　次に会えたときに渡《わた》す約束なんだ！」

「え？　いつ会うの？　僕《ぼく》も会ってみたい！」

「誰《だれ》がおまえみたいなこそどろに会わせるか！　第一、彼女《かのじょ》とは俺《おれ》も最近連絡《れんらく》がとれていないんだ！」

さけぶカイトの顔はどこか辛《つら》そうだった。好きな相手と連絡が取れなくなったのだ。不安に決まっている。レンはカイトに同情《どうじょう》した。

「……それは心配だね。何かあったんじゃないといいけど」

「ふん、おまえに心配されることじゃない。いいから返せ！」

「わかった、返すよ」

レンは跳《と》びかかってきたカイトからひょいと身をかわすと、後ろに向かって写真を投げた。カイトはレンを捕《つか》まえることなく、反射的《はんしゃてき》に写真をひろいにいく。やはり、彼女《かのじょ》はカイトにとってとても大事な人なのだ。

「じゃあね、カイト警部《けいぶ》。彼女《かのじょ》にその写真を渡《わた》せるといいね」

「あっ、こら、待て！　ピーター！」

レンはカイトが写真をひろっているすきにとなりをすりぬけ、庭へと逃《に》げだした。

しげみにかくれてカイトが追ってこないことを確認《かくにん》し、ぼそりとつぶやく。

「いいなぁ、カイト警部《けいぶ》」

貴族《きぞく》であるリンと平民であるレンのあいだには大きな身分の差がある。この国では階級の差は絶対《ぜったい》であり、異なる階級のものどうしが結婚《けっこん》することはできない。レンがブラム男爵《だんしゃく》のようにお金持ちになって貴族の地位を買えたら別だが、無理な話だ。

両思いで幸せなカイトたちの写真はとてもうらやましいものだった。自分も同じような写真を撮《と》ってみたいが、お嬢《じょう》さまと執事《しつじ》が恋人《こいびと》のような姿《すがた》で写真を撮るなんてことはできやしない。

庭にいてもパーティーの騒《さわ》ぎは聞こえていた。派手《はで》できらびやかな社交界。ほんとうならレンがいられるはずもない世界。少し走れば戻《もど》れるはずなのに、今のレンにはそれがとても遠いものに感じられた。

レンが庭に去ったところ。

階段《かいだん》を降《お》りた先の地下室ではぱしゃり、と水音がひびいていた。窓《まど》もない石造《いしづく》りのじっとりした地下室の奥《おく》は鉄格子《てつごうし》のはまった牢屋《ろうや》になっている。牢のなかにひとりの少女がうずくまっていた。

冬だというのに上半身にうすいキャミソール一枚《まい》着ただけだ。水をはったたらいにつけている下半身は魚のしっぽだった。彼女《かのじょ》は人魚なのだ。エメラルドグリーンの髪《かみ》をツインテールにし、ぐったりと顔をふせている。

細い首にはまった黒い革《かわ》の首輪につけられたタグに「ミク」と名前が書かれていた。

ミクはきゃしゃな肩《かた》をふるわせるとゆっくりと上を見た。

「カイトさんの声……？　まさか、カイトさんが来てるの？　そんなわけないよね」

牢のなかから白くたおやかな手が鉄格子《てつごうし》に向かってのばされる。

「助けて……助けて、カイトさん」

消え入りそうなその声は誰《だれ》に届《とど》くこともなかった。

「ちょっと、ずいぶんおそかったじゃない！」

レンが会場に戻《もど》ると、リンが壁《かべ》ぎわでぷりぷり怒《おこ》りながら待っていた。

「ごめん、ちょっといろいろあって。ね、ブラム男爵《だんしゃく》へのあいさつはすんだ？」

「ええ、とっくにすませたわ。でも、ちょっと聞いてちょうだいよ、レン。あいつ、ひどいのよ。お金持ちや地位の高い相手には愛想よくするくせに、あたしたち地方の貴族《きぞく》や新しく商売を始めた人にはすっごく態度《たいど》が悪いの」

レンがいないあいだによほどいやなことがあったのか、リンのしっぽがぴくぴくしている。いらいらと靴《くつ》を動かしながら、リンがくちびるをとがらせた。

「足もと見てるっていうか……手土産にアクセサリーのひとつも持ってこいとか、こんど、高級料理でもてなせとかわがままばっかり言うの。あげくのはてに領民《りょうみん》を会社の雑用係《ざつようがかり》として差しだせとか……人をなんだと思ってるのよ！」

リンがハンカチを引きちぎる勢《いきお》いで力まかせにしぼる。なだめながら、レンは新しいジュースをリンに差しだした。

「お、落ち着いてよ。それより、早くここから出ないと。さっきカイト警部《けいぶ》が来てるのを見たんだ」

「ちょっと！　それを早く言いなさいよね！　まさか見つかったの？」

「見つかったけどうまく逃《に》げてこれたよ。彼《かれ》はパーティー会場には入れないみたいだ。だけど、いつ見つかるかもしれないし、あいさつも終わってるなら帰ろう」

「もう、何やってるのよ、ドジね。でも、そういうことならさっさと帰りましょう」

「そうだね」

レンはあいづちを打ちながら、ふとさっきのカイトのことを思いだした。恋人《こいびと》の写真を落として、むきになってあわてふためいていたカイト。たんに自分たちの邪魔《じゃま》をする敵《てき》としてしか見てなかったが、彼も恋をするひとりの男だったのだ。

「……さっき少し話したんだけどさ、カイト警部《けいぶ》って恋人にはすごくやさしいんだ。うらやましくなっちゃったよ。僕《ぼく》もあんなふうになれればいいのにな」

人魚と人間の恋が、貴族《きぞく》と平民の恋よりむずかしいかはわからない。でも好きな女の子の願いをかなえてあげたカイトをいいな、と思った。自分もリンの願いをすべてかなえてあげられればいいのに。考えてレンはためいきをついた。

レンをリンがきつくにらみつける。

「はぁ？　人間なんてろくなもんじゃないわよ。ブラム男爵《だんしゃく》見てたらわかるでしょ」

ぴんっと警戒《けいかい》で耳を立たせながら、リンはレンの顔を見た。姉が弟に言い聞かせるようにゆっくりきびしい口調で話すリン。

「だいたい、あいつは警察であたしたちの敵《てき》よ。二度とバカなこと言わないで」

「……わかったよ」

そんな人間ばかりじゃないというのをレンは知ってる。だけど、好きじゃない人間と結婚《けっこん》させられる未来が決まってるリンに言うことはできなかった。

だからレンはただうなずいて、リンのとなりによりそったのだった。

第二章　人魚の涙《なみだ》と乙女《おとめ》の願い

深夜三時。暁《あかつき》にはまだ遠い夜がもっとも深く暗い時間。

ブラム男爵邸《だんしゃくてい》の広い庭園にふたつの影《かげ》がひそんでいた。ぴょこんと元気よくとがった黒い耳、優雅《ゆうが》におどる長いしっぽ。闇《やみ》にとけるような黒装束《くろしょうぞく》に身をつつんだ猫耳《ねこみみ》族の少年少女——ピーター&《アンド》ジェニイだ。

「なんとかここまでは入りこめたわね」

「うん、塀《へい》の外にもかなり見張《みは》りがいたから、たいへんだったけどね。でもさ、もう少し準備《じゅんび》を整えてからでなくてよかったの？」

「いいのよ。警官《けいかん》もカイト警部以外は来てなかったんでしょ。だったら今日がチャンスだわ。それにブラム男爵はいつ『人魚の涙《なみだ》』を売ってしまうかわからないもの。盗《ぬす》めるときに盗みにいかなきゃ。ここまではうまくいったんだし、だいじょうぶよ」

見張《みは》りの巡回《じゅんかい》ルートをよく観察し、その目がなくなるのを待って塀を乗りこえて庭へと侵入《しんにゅう》することは成功した。問題はここからだ。

「と、そうだ。今のうちにこれを体に振《ふ》りかけておいて、ジェニイ」

「なぁに、これ」

「この庭に生えてるバラと同じにおいの香水《こうすい》さ。警備《けいび》のほとんどは人狼《じんろう》だ。においでボクらの居所《いどころ》がバレちゃいけないからね」

「なるほどね」

庭のあちこちには主人であるブラム男爵《だんしゃく》の趣味《しゅみ》なのか、冬咲《ざ》きのバラが咲《さ》いていた。花の香《かお》りと同じあまいにおいを身にまとい、しげみに身をかくして建物へと近づいていく。建物のまわりにも何人もの警備員《けいびいん》が歩きまわっていた。するどい目がアリ一匹《びき》屋敷《やしき》に入れまいと油断《ゆだん》なく庭中を見張《みは》っている。

「かんじんの宝物庫《ほうもつこ》はあのあたりなんでしょう?」

「うん、あの小さな窓《まど》があるだろ。書斎《しょさい》だって言ってたけど、やたら見張《みは》りが多かった。どう考えてもあやしい」

窓の位置は二階だ。屋敷そのものは三階建ての大きなもので、住人のほとんどが寝《ね》ているのだろう。ひっそりと静まりかえっている。

「あの窓《まど》の大きさ……、あたしたちなら十分にもぐりこめるわね」

あかりとりか、換気用《かんきよう》の窓だろうか。かなり小さな窓で人間の子どもがやっと通れる大きさだが、体がやわらかく小柄《こがら》な猫耳族《ねこみみ》であるふたりなら問題なく入れる。

「問題はあそこまで行く方法だよ。縄《なわ》ばしごはあるけど、ひっかけてのぼってるあいだに見つかったらたいへんだ。見張《みは》りの気をそらす必要がある」

「さっきから見てるけど、やっぱり見張りは動きそうもないわね。どうするの？」

「だいじょうぶ。そういうときこそ、ボクの発明品の出番さ」

リンに軽くウィンクすると、ポケットからレンは秘密《ひみつ》道具を取りだした。レンの趣《しゅ》味《み》は発明だ。以前、警官《けいかん》たちに投げつけた油をまき散らすボールなど、ピーター&《アンド》ジェニィの活躍《かつやく》に役立つものを器用な手先で作りだす。

レンが取りだしたのはゼンマイじかけのねずみのオモチャだった。数匹《ひき》ある。

「何よ、オモチャじゃない」

「まあ、見てってば」

レンはネズミのしっぽについたネジをしっかりと巻《ま》くと、地面に下ろした。車輪のついたネズミたちがいっせいにレンたちから離《はな》れた場所まで走っていく。

姿《すがた》が見えなくなったころ、遠くでぱぁんっと何かが弾《はじ》ける音がした。

「な、なんだ？　侵入者《しんにゅう》か？」

「こっちから音がするぞ、急げ！」

見《み》張《は》りたちがあわただしく音のするほうに走っていく。ゼンマイじかけのネズミが走っていった方向だ。そっちではなんどもパンッパンッと何かが破裂《はれつ》する音や、がさごそとしげみを駆《か》け回る音が響《ひび》いている。

「さ、今のうちに行こう！」

「ふふっ、やるじゃない、ピーター」

見《み》張《は》りのいなくなった庭を駆けぬけ、窓《まど》の真下まで行くと縄《なわ》ばしごを窓《まど》わくにひっかけた。念のためリンを見張りに残し、レンがさっとはしごをのぼりきる。

窓には鍵《かぎ》がかかっていたが、そこは手《て》慣《な》れたもの。ポケットから取りだした特製ナイフでガラスに丸く切れ目を入れ、落ちて割《わ》れないように粘着液《ねんちゃくえき》を塗《ぬ》った布《ぬの》でおさえてぬく。空いたあなから手を入れ、鍵を外した。

「ジェニイ、早くのぼってきて」

縄《なわ》ばしごを軽くひっぱるとリンがレンを見上げる。声に出さずにくちびるの動きだけでそうつげると、リンもはしごをのぼりはじめた。同時にレンの耳がぴくりと動く。

「まずい。見張《みは》りが戻《もど》ってくる！　急いで！」

「ちょ、そんなにあせらせないでよ！」

わたついて落ちそうになるリンを縄ばしごごと、全力でえいやっとひっぱりあげる。

リンの体がするりと窓《まど》の内側に入ると同時に窓《まど》の下に警備員《けいびいん》たちが戻ってきた。

間一髪《かんいっぱつ》のタイミングにふたりは顔を見あわせ、大きく息をはいた。

「いたか？　くそっ、あんなオモチャで……」

「もう屋敷《やしき》に入りこんでるかもしれん。探《さが》せ！」

窓の外からは騒《さわ》ぎが聞こえてくる。侵入《しんにゅう》がばれるのは時間の問題だろう。

「急いで『人魚の涙《なみだ》』をいただいて逃《に》げましょう。それにしても……ほんとうにここで合ってるの？」

リンが立って、部屋のなかを見まわす。月明かりだけの暗い部屋だったが、猫耳族《ねこみみ》の目は夜でもはっきりものが見えるのだ。ふたりが入りこんだ部屋はせまく本棚《ほんだな》と机《つくえ》しかない場所だった。お宝《たから》なんて影《かげ》も形もない。

「僕《ぼく》の記憶《きおく》がたしかなら、この部屋の前に見張《みは》りがいたんだ。ただの書斎《しょさい》にそんな見張りを立てるなんておかしいだろう？」

「それはそうかもしれないけど……」

レンは立ちあがると、壁《かべ》にぎっしりとならんだ本棚を調べはじめた。

「たまたま、そうじ中のとなりの部屋を見たんだけどね。その部屋の広さとこの部屋の壁《かべ》の位置を考えると、あいだにもうひとつ部屋がないとおかしいんだ。だから、かくし部屋があるんじゃないかな」

「なるほどね」

「ろうかにあったドアの数と位置から考えて、たぶんこっち側の壁に……あった！」

レンが一冊《さつ》の本を抜《ぬ》き、その奥《おく》にあったスイッチを動かすと本棚がぐるりと回転した。

壁の向こうにキラキラと光るものが見える。

「すごいわ、さすがねピーター！」

感心した顔でリンにほめられて、照れて頭をかくレン。だがすぐに顔をひきしめるとあらわれたかくし部屋へと足を進めた。リンもそれに続く。

かくし部屋にはところせましとさまざまな宝物《たからもの》がかざられていた。美しい絵、金や銀でできたつぼ、色とりどりの宝石《ほうせき》で作られたアクセサリーもどっさりある。

なかでもひときわ目立っていたのが、中央に置かれたガラスケースだった。パーティーで見たものと同じその箱のなかには、『人魚の涙《なみだ》』がさんぜんとかがやいている。

「あったわ。早く、早く開けましょうよ、ピーター」

「わかってるって。ちょっと待って」

ポケットのなかから鍵《かぎ》開け道具を取りだし、ガラスケースの鍵を外す。ケースはすぐに開いて、リンが手を伸《の》ばし『人魚の涙』をつかみとった。

だが、そのとたん、いきなりガラスケースからジリリリリリリ！　とけたたましい音が鳴った。『人魚の涙』が置いてあった真下からすさまじいベルの音がひびく。

「にゃっ!?　警報《けいほう》？　しまった、そんなワナが仕掛《しか》けてあったなんて！」

「でも後は逃《に》げるだけよ。急いでここから出ましょう！」

ふたりはばたばたとかくし部屋から出た。

「『人魚の涙《なみだ》』が手に入ってよかったわ。……あら？」

書斎《しょさい》に出て『人魚の涙』を月明かりにすかしたリンがけわしい顔になった。そして、きっとまなじりをつりあげてレンへとふりかえる。

「これ、ニセモノだわ！　よく作られてるけど、ただのガラス玉よ」

「なんだって!?」

「……本物はいったいどこにあるのかしら？　でも、さすがに今から探《さが》しだすのは危《き》険《けん》よね。どうする、ピーター？」

「とりあえず、いったん逃《に》げるしかないよ」

「そうね……って、まずいわ、足音が近づいてきてる！」

ろうか側からどたばたと無数の足音が聞こえてくる。窓《まど》の下を見ればそこにもたくさんの見張《みは》りが集まっていた。

ばんっと派手《はで》な音を立てて、書斎の扉《とびら》が開かれる。ブラム男爵《だんしゃく》が人狼《じんろう》の警備員《けいびいん》を大《おお》勢《ぜい》引きつれて、にやにやしながら入り口に立っていた。

「おやおや、こそどろがまんまとニセモノに引っかかったようですねえ。本物の『人魚の涙《なみだ》』はおまえたちのようなどろぼうの手に届《とど》かないところにしまってあるに決まってるではありませんか」

「だましたわね！」

ブラム男爵をにらみつけるリンだったが、男爵はきたないものを見るような視線《しせん》を返すだけだった。

「だまれ、うすぎたないこそどろ風情《ふぜい》がわたしの宝《たから》を横取りしようなどと！　おまえたち、あのどろぼうを捕《つか》まえろ！　さもなきゃ、給料を減《へ》らすからな！」

「わっ、わかりましたっ！」

ブラム男爵のひどい言い方にまわりの警備員たちがおびえた顔でうなずき、じりじりとレンたちにせまりよってきた。とはいえ、せまい部屋だ、ひとりずつしか入れない。

「悪く思うなよ。俺《おれ》たちだって仕事なんだ」

「くっ……」

大きなけむくじゃらの手がリンにせまる。リンがひきつった顔で後ずさりした。その前に立ちはだかるとレンは思いっきりその手にかみつく！

「ぎゃっ！」

「ジェニィにさわるな！　逃《に》げるよ！」

手をかまれた相手が二、三歩後ろへとよろける。思いっきり突《つ》きとばすと、すぐ後ろにいた数人を巻《ま》きこんで盛大《せいだい》に転んだ。

「ごめんねっ！」

「失礼するわっ」

「んぎゃっ！」

あやまりながらもリンと手をつなぎ、転んだ警備員《けいびいん》をふみつけて外に跳《と》びだす。

「何をしている！　さっさと捕《と》らえろ！」

「そうはさせないよっ！」

いきなり部屋から跳びだしてきたふたりにブラム男爵《だんしゃく》がおどろいた顔をする。レンは目を閉《と》じると、ポケットから取りだしたボールを思いっきりゆかにたたきつけた。

くさいにおいのするけむりがいっきにあふれだし、ふたりの姿《すがた》をかくす。

「な、なんだ、このにおいは!? 目に染《し》みる！ 目が！ 目がー！」

「げほっ、ごほっ、ちょ、ちょっとピーター……もう少しマシな手段《しゅだん》は……」

「いいから早く。息を止めて走って！」

「無茶言わないでよ！」

ブラムや人狼《じんろう》たちが目や鼻をおさえ、せきこんでいるすきにふたりはいっきにその場を逃《に》げだした。庭に出てもかこまれるのは目に見えている。階下にはここ以上に警《けい》備員《びいん》が集まっている音が聞こえていた。ならいったんは上に逃《に》げるしかない。

ふたりはいっせいに階段を目指して走った。後ろから男爵《だんしゃく》の怒声《どせい》がきこえる。

「おまえたち、あのどろぼうを逃《に》がしてみろ！ そのときはおまえたちだけじゃなくて、おまえたちの家族の給料も下げるぞ！ それとも炭鉱《たんこう》で働かせてやろうか！」

「ひっ、家族の分はゆるしてください！ 今でもギリギリなんです！」

「だったら、さっさと追いかけろ！」

「はいっ！」

階段をかけあがり、どうにか三階の空き部屋に身をひそめるのに成功したレンたちは、逃《に》げるとちゅうに聞こえた会話を思いだして顔をしかめた。リンは露骨《ろこつ》に嫌悪《けんお》をあらわして口をへの字に曲げている。

「聞いた？　あいつ、またお金で人をおどして！」

「炭鉱《たんこう》って、どういうことだろう？」

「……鉄道を動かすにはたくさんの石炭がいるわ。だからブラム男爵《だんしゃく》は石炭の鉱山も持ってるのよ。でも、鉱山での仕事は空気も悪いし、落盤《らくばん》なんかの事故《じこ》もあってとっても危険《きけん》な仕事だって聞くわ」

「ブラム男爵は人狼《じんろう》の家族をそこで働かせようとしてるってこと？　そんなに危険《きけん》なのに、安いお給料と少ない食事でなんて……」

「いくら人狼がじょうぶだからってゆるせることじゃないわ。今だってあんなふうにおどして……あいつ、最低よ！」

リンが怒《いか》りで肩《かた》をふるわせながら、くちびるをかみしめた。その目にはうっすらと涙《なみだ》さえ浮《う》かんでいる。

レンはそっとリンの背中《せなか》をたたいた。

「でも、だからって僕《ぼく》らが捕《つか》まるわけにはいかないよ。それだけ悪いやつなら、きっとどこかで天罰《てんばつ》が下る。とにかく今は逃《に》げよう。それであらためて『人魚の涙《なみだ》』を盗《ぬす》みにくるんだ」

そう言われてリンはごしごしと手の甲《こう》で目もとをぬぐった。

「そうね、ますます男爵《だんしゃく》に『人魚の涙』をのもとには置いておけなくなったわ。で、どうやって逃げるの？　部屋の外は警備員《けいびいん》だらけよ。庭にも見張《みは》りがうようよいるし」

「やっぱりもう少し準備《じゅんび》してからのほうがよかったんじゃないかな」

「今さら言ってもしょうがないでしょ！　……まずいわ、足音がどんどんこっちに来てる。部屋のドアを開けられたら見つかっちゃうわ」

「ど、どうしよう、とにかくどこかにかくれなきゃ！」

むずかしい顔で眉根《まゆね》をよせるレンに、リンが思いついたことを口にする。

「とりあえずえんとつにかくれましょう。こんな夜中だし暖炉《だんろ》も使われてないと思うわ。それで屋根の上に出ましょう。しばらくかくれていたら、庭の見張りもきっとあきらめていなくなるわよ。そうしたら、逃げましょう」

「それだ！」

ふたりはかくれた部屋にあった暖炉《だんろ》から、えんとつへともぐりこんだ。

「けほっけほっ……うう、けむいわ……」

「ハンカチを口にあてて、直接《ちょくせつ》息をしないようにね。燃《も》えかすの粉を吸《す》っちゃうと体によくないんだから」

「わかったわよぉ」

レンを先頭に細くまっくらな煙突《えんとつ》をのぼっていく。三階だということもあって、屋根の上まではすぐにのぼっていくことができた。

「やだ、ピーターったら顔まっくろ」

「そういうジェニイだって」

「帰ったらお風呂《ふろ》に入りたいわね……お湯わかしてくれる？」

「無事に帰れたらね」

軽口をたたきながら、レンがこっそりえんとつから顔を出してようすを探《さぐ》る。

「いたか？」

「いや、まだだ。くそっ、さっきのけむり玉のせいで鼻がきかねえ」

「……俺《おれ》もだ。けど、見つけないと男爵《だんしゃく》さまに怒《おこ》られるぞ」

「わかってる！」

うろうろと何人もの警備員《けいびいん》たちが庭を歩いている。庭にさえ降《お》りてしまえば、ていねいに作られた庭には大きな木やしげみも多く、身をかくす場所には困《こま》らない。

「もうしばらくかくれていたほうがいいね。見張《みは》りがいなくなったら合図するから、そうしたらここからいっきに飛びおりよう」

「わかったわ」

ふたりはしばらくえんとつのなかに身をかくしてチャンスを待った。だがなかなか見張りはいなくならない。じりじりとした時間が過《す》ぎるなかリンがこほんと咳《せき》をした。

「だいじょうぶ？　ジェニイ」

「息が苦しくなってきたわ……なんだか、頭もぼーっとする」

「まずいな……。早くここから出ないと、だけど下に見張りがまだ……」

「そんなこと言ってる場合じゃないわ、ピーター。えんとつにかくれてること、ばれたみたい。誰《だれ》かが下からのぼってくる！」

「なんだって!?　いいから、すぐに出よう！」

「ええ！」

ふたりはあわててえんとつから跳《と》びだし、屋根の上へと立った。

「いたぞ！　屋根の上だ！」

庭からさけび声が聞こえ、警備員《けいびいん》たちが集まってくる。

「ジェニイ、しっかりつかまってて。跳《と》びおりる！　その後は僕《ぼく》がおとりになるから、逃《に》げて！」

「そんな……」

「いいから、早く！」

レンは強引にリンを抱《だ》きあげると屋根のはしまでかけていき、そこから跳《と》びおりた。

二階にあった出窓《でまど》を足がかりにして、どうにか庭へと着地する。

同時にふたりの前に長い影《かげ》がのびた。

「残念だったな。おまえたちが屋根の上から降《お》りてくることは予測《よそく》していた。えんとつに近い場所をずっと見張《みは》っていたのは正解《せいかい》だったようだ。さあ、観念《かんねん》しろ！　逮捕《たいほ》する！」

「カイト警部《けいぶ》！」

そこに立っていたのは、黒髪《くろかみ》にうすい茶色のトレンチコート。ピーター&《アンド》ジェニイの宿敵《しゅくてき》であるカイトだった。あかりを手にカイトは首にかけていた笛を鳴らす。

ぴーっっというかん高い音が庭にひびいた。

「これですぐに他の者もここに来る。もう逃《に》げ場はないぞ。おとなしくしろ」

「いやよ！　あんたなんかに捕《つか》まるもんですか！　だいたい、あたしたちなんかより、ブラム男爵《だんしゃく》のほうがずっとずっと悪いことをしてるわ！」

リンがきつくこぶしを握《にぎ》りしめ、そう言いかえす。レンもリンに続いた。

「そうだよ。行くあてもない人たちを危《あぶ》ない仕事でこきつかったり、お給料を減《へ》らすぞっておどして言うことを聞かせようとしたり……」

ふたりの言葉を聞いたカイトが困惑《こんわく》した顔で立ちどまる。

「そ、それは……別に法律《ほうりつ》に違反《いはん》してるわけじゃない。人としてどうかと思うが、彼《かれ》は商売として人を雇《やと》って使っているだけで……」

「悪いやつを捕《つか》まえるのが警察《けいさつ》なんじゃないの!?」

リンがヒステリックにさけぶ。カイトは何を言えばいいのかわからないといった顔で手錠《てじょう》を手にしたまま止まっていた。

そのとき。

「何をやっている、カイト！　さっさとそのこそどろどもを捕まえんか！」

「ロビン警視《けいし》！」

小太りのおじさん警官が息をきらして走ってきて、カイトをどなりつけた。

「そんなこそどろと話をする必要はない！　俺《おれ》たちはブラム男爵《だんしゃく》の言うとおり、そいつを捕まえればいいんだ！」

「しかしですね……」

カイトがとまどったようにロビンとレンを交互に見る。そこに屋敷《やしき》の警備員《けいびいん》たちも追いついてきた。彼《かれ》らがあせった顔でさけぶ。

「警部《けいぶ》！　申しわけありませんが、ここは我《われ》らにおまかせを！」

「うちに入ったどろぼうは、俺《おれ》たちの手で捕《つか》まえさせてください！」

ぎらぎらと必死な目で警備員《けいびいん》たちが包囲網《ほういもう》をせばめてくる。万事休すだ。背後《はいご》にあるのはたかい塀《へい》だ。レンは必死で頭を回転させた。どうにかしてリンだけでも逃《に》がさなければいけない。自分はどうなってもいいから！

「ジェニイ、さっきも言ったとおり僕《ぼく》がおとりになる。そのすきに君は逃げて！」

「ダメよ、そんなの。ピーターもいっしょじゃなきゃダメ」

「だいじょうぶ、僕を信じて。必ず君のそばに帰るから」

ぐっとリンを背中《せなか》にかばって、目の前の相手をにらみつけるとリンがレンの服から手を離《はな》したのを感じた。

「絶対《ぜったい》よ？　絶対なんだからね。あなたはあたしのしもべなんだから、勝手に捕まっちゃうなんて、絶対ゆるさないんだから！」

「……わかってるよ、僕のお嬢《じょう》さま」

手で軽く逃げる方向を示《しめ》した。見張《みは》りのほとんどはここに集まってきてる。だいじょうぶ、ここさえ乗りきればリンは逃《に》がせる。

「けむり玉はまだあるんだよ！」

ポケットから、最後のひとつのけむり玉を取りだすと、思いっきり地面にたたきつけた。刺激臭《しげきしゅう》のするけむりがあたりに思いっきりまきちらされる。

「なんども同じ手を……こしゃくな！」

「へへ〜ん！　こっちだよ！　ほら、捕《つか》まえてみな！」

わざと声を出し、姿《すがた》を見せながらレンは走りだした。リンは反対側にかけていき、かくれながら離《はな》れていっている。これでいい。あとはできるだけ警備員《けいびいん》やカイトたちを自分に引きつけるだけだ。

「こっこまでおいで〜！」

「くそっ、このドラ猫《ねこ》め！　待て！　絶対《ぜったい》に逃がさんからな！」

「おい、カイト、何をぼーっとしてる。さっさと追いかけんか！」

「はいはい、わかりましたよ!!」

せきこんでいたカイトもあわててレンを追いかけてきた。全速力で彼《かれ》らから逃げながら、レンは祈《いの》る。

リンお嬢《じょう》さま、無事でいて。後で必ず会おうね……と。


「はぁっはぁっはぁっはぁっ……」

あれから、どれだけ逃《に》げまわっただろうか。

レンは猫耳《ねこみみ》族としては体力はあるが、それでもうくたくただ。ひざががくがくして足がふるえる。

どうにかすきをついて塀《へい》の外に逃げだすことには成功したが、彼《かれ》らはそれでも追いかけてきた。建ちならぶ屋敷《やしき》のあいだ、暗い路地をうまく使ってけんめいに逃《に》げる。

だが屋敷《やしき》で使ったけむり玉がこんどは足をひっぱっていた。二度目ということもあって、うまくけむりをすいこまないようにしたものがにおいをたよりにレンを追いかけてきているのだ。かくれても、かくれても見つかる。

「やば……そろそろ限界《げんかい》、かも」

たおれかけたレンは、ふらふらと橋の欄干《らんかん》につかまってもたれかかった。

「いいかげん、あきらめてくれればいいのに。お嬢《じょう》さまはうまく逃《に》げられたかな。あのようすじゃ見つかってはいないみたいだけど……」

今、追っ手の姿《すがた》は見えない。このまま闇《やみ》にかくれてミラーサンド家の屋敷《やしき》まで戻《もど》れれば……そう思った瞬間《しゅんかん》、猫《ねこ》の耳が追っ手の声をひろった。

「くん、くん……においがこっちに続いてますぜ」

「うわさには聞いていたが、すごいんだな、人狼《じんろう》の鼻というのは」

「ははは、警部《けいぶ》さんみたいな人にほめてもらえると照れますね」

レンは青ざめた。まずい、もう走れない。追っ手の足音はどんどん近づいてくる。どこか逃《に》げ場所はないか、レンは必死にあたりを見まわした。

(そうだ、川!)

橋の下にはテムズ川が流れている。冷たい冬の水だがにおいを洗《あら》い流してくれる。何よりこのまま何もしないで捕《つか》まるよりはマシだ。

「えいっ!」

追っ手が来るより早く、レンは思い切って水に飛びこんだ。

冷たい。全身がびりびりする。

「にゃっっ、にゃあっっ！」

必死に泳いで岸にたどりつこうとするが、さんざん走りまわって疲《つか》れきった上に、いっきに冷やされた体はうまく動かなかった。手足に服がまとわりついて重くなり、どんどん川の底へとしずんでいく。

（まず、い……このままじゃ、おぼれる？）

あがいてみたが、体は浮《う》かない。息が続かなくなり、ごぼっと水が口に入ってきた。苦しい。……このままじゃ死ぬ。

（あ……お嬢《じょう》さま、ごめんなさい、帰れなくて。僕《ぼく》、お嬢さまのことが……）

最後に思い切り手を上へとのばして、レンは意識《いしき》を失った。

が、しずんでいこうとする体にすぅっと大きな人影《ひとかげ》が近づく。影はレンを抱《だ》きかかえるとすいすいと泳いでいった。

「ん、んん……？　ここは……？」

レンが目を覚ますとどこかの橋の下だった。目の前を流れる水の色が飛びこんだ場所よりにごっているところを見ると、かなり流されたようだ。

「よかった。このまま目を覚まされなかったら、どうしようかと思いました」

「え？　あなたは……」

とつぜん聞こえた声の主にレンは目を丸くした。川岸にすわり、自分を見つめているひとりの少女。年は十八歳《さい》くらいだろうか。長くつややかなすみれ色の髪《かみ》にさんごの髪かざりをしている、おっとりとおだやかそうな紫《むらさき》の瞳《ひとみ》をした美しい少女だった。

冬だというのにすきとおるように白い肌《はだ》の上半身に着ているのは薄《うす》いキャミソールのような上着だけ。だが、レンがおどろいたのはそこではなかった。

レンの目は彼女《かのじょ》の下半身に向けられている。そこには人間の足はなく、代わりにアメジストに似《に》たうろこの生えた魚のしっぽがあったのだ。

「人魚……？」

めったに陸には上がってこない種族を目の当たりにして、レンはおどろきでなんどもまばたきする。話には聞いたことはあるが、見るのは初めてだ。けれど、涙《なみだ》があんなにきれいな宝石《ほうせき》になるのがうなずける美しい人だと思った。

「はい、わたしは人魚のルカといいます。あなたがおぼれているのを見つけ、ここまで運んでまいりましたが、迷惑《めいわく》でしたか？」

「ううん、そんなことないよ！　迷惑だなんてそんな……すごく助かった！　ありがとう、えっと……ルカさんだっけ？」

「はい」

「あのさ、どうしてこんなところにいるの？　たしか、人魚って海の底に住んでるんじゃなかったっけ？」

レンの質問《しつもん》にルカは悲しそうに顔をふせた。あまりにもつらそうなようすにレンの胸《むね》までずきりと痛《いた》む。

「じつは、わたしの妹であるミクが、『人魚の涙《なみだ》』という宝石《ほうせき》をねらった悪い人間にとらわれてしまったのです」

「なんだって？」

『人魚の涙』という言葉にレンの耳がぴん、と立った。

ルカの目尻《めじり》に涙《なみだ》が浮《う》かんだ。彼女《かのじょ》の横顔を見れば、宝石《ほうせき》ではないが、美しくすきとおるしずくがルカのほおを伝っていった。

「ミクは人間に恋《こい》をし、『人魚の涙』を作りだしました。ですが、それを恋した相手に渡《わた》そうと陸にやってきたときに人間に捕《つか》まってしまったのです。ミクを捕まえた人間は『人魚さえ捕まえれば、涙も取り放題だなぁ』といっていました。わたしもいっしょに捕まりそうになったのですが、どうにか逃《に》げることができたんです」

「そんな……なんてひどい」

宝石のために恋する女の子をさらうなんて、ひどい悪党《あくとう》だ。レンがぎりっと奥歯《おくば》をかみしめると、ルカがレンの手をとってぎゅっとにぎってきた。

ふしぎなすみれ色の瞳《ひとみ》で見つめられ、レンの胸《むね》がどきどきと高鳴る。落ち着け、ボクにはリンお嬢《じょう》さまがいるじゃないか、と言いきかせるが、それでもきれいな女の人にすがるような目で見られると、手をふりほどくことなんてできなかった。

「どうかお願いします。ミクを助けてくださいませんか？　あなたは陸の人ですが、さっきの話を聞いて怒《おこ》ってくださるやさしい心の持ち主だとお見受けしました。お礼はなんでもいたしますから、どうかミクを助けてください！」

「え、えっと……」

レンはたじろぎ、にぎられていないほうの手でほおをかいた。ルカはレンの命の恩人《じん》だし、助けてあげたいのはやまやまだ。だけど、ミクが誰《だれ》に捕《つか》まってるかもわからないし、こんな大きな問題をレンひとりでは決められない。

「あのね、ボクは助けてあげたいと思ってる。だけど、そのためには話をしないといけない人がもうひとりいるんだ。その人のところまでいっしょに来てもらってもかまわないかな？」

「もうひとり……どなたでしょうか？」

ルカの質問《しつもん》にレンは得意げに胸《むね》をはった。

「怪盗《かいとう》ジェニイ。世界一大切なボクの相棒《あいぼう》さ」

「はぁぁぁぁ？　何、ヘンなもの、ひろってきてるのよ！」

足が魚のしっぽのため歩けないルカを背負《せお》い、必死にミラーサンド家の屋敷《やしき》までたどりついたレンを待っていたのは、リンからの怒声《どせい》だった。そのあまりの剣幕《けんまく》にしっぽを器用にまるめてリンの部屋の床《ゆか》にすわっているルカも目をまるくしている。

頭から湯気をふきださんばかりに怒《おこ》っていたリンだったが、ルカを見ると仏頂面《ぶっちょうづら》のままソファを指さした。

「床《ゆか》じゃしっぽが痛《いた》いでしょ。ソファにすわらせなさいよ」

「あ、いえ、おかまいなく。ぬれちゃいますし」

「そんなの後でかわかせばいいのよ。いいから、レン、運んで」

「わ、わかりました、リンお嬢《じょう》さま」

文句《もんく》を言いつつもルカのことを気づかってくれているお嬢さまは不器用だけど、やっぱりやさしい。連れて帰ってよかったと思いながらレンはルカをソファにすわらせた。だが、リンの怒《いか》りは解《と》けたわけではなかった。

「あのね、たしかにあたしはあなたをひろったけど、うちは何でもかんでもめんどう見られるわけじゃないのよ。だいたい、あなたはあたしのしもべでしょ！　なのに、他人をひろってくるなんてナマイキよ！」

すでに顔を洗《あら》って着替《きが》えをすませ、お嬢《じょう》さまに戻《もど》ったリンがレンをにらむ。きつい目を向けられてレンは小さくちぢこまりながら、早口で説明した。

「いや、だから、おぼれたところを助けてもらったわけだし、悪い人間に捕《つか》まってるなんてかわいそうだし……」

「って、おぼれた？　何やってるのよ！　無事に帰ってきなさいって言ったでしょ！」

「にゃっっ！」

リンがレンに飛びつき、冷え切った体に顔を青ざめさせる。

「あー、もう、こんなに体冷やしちゃって。いいから、さっさと着替《きが》えなさいよ。……もう、なかなか帰ってこなくて心配したんだからねっ」

「お嬢さま……心配かけてごめんね」

「あ、あなたはあたしのしもべなんだから、帰ってこないと困《こま》るんだから、心配してとうぜんでしょ！　早く行きなさーい！」

「は、はーい」

リンが自分のことを心配してくれていた。そのことはとてもうれしいけれど、あんまりいうと照れ屋なお嬢《じょう》さまはきっと怒《おこ》るだろう。だからレンはこっそり見えないようにほほえんでさっさと着替《きが》えに走った。


「……で、あらためて話を聞くけどいったいどういうこと？」

なんだかんだと言いながら、リンはルカから話を聞こうと視線《しせん》を彼女《かのじょ》に向けた。

「えっと、こちら人魚のルカさん。おぼれてたボクを助けてくれてさ。それで妹のミクさんが人間に捕《つか》まってるらしいから、助けてほしいって」

「あなたには聞いてないんだけど？」

「ご、ごめん」

リンの冷たい目がレンに向く。いらいらとしっぽをゆらめかせながら、リンがカップをテーブルの上に置いた。

「まさか、他の女の依頼《いらい》を勝手に受けたんじゃないでしょうね？　あたしのしもべの分際《ぶんざい》で。そんなことしたら……」

「してない！　まだしてないよ！　そりゃ、助けてあげたいとは思ってるけど……でも、僕《ぼく》はリンお嬢《じょう》さまのしもべだからまずはお嬢さまに聞かないといけないから連れてきたんだよ！　リンお嬢さまはやさしいし、話を聞いたらきっといっしょに助けてくれると思ったのはたしかだけど……」

レンの言葉にリンが耳まで真っ赤になった。リンはぷいっとそっぽを向くと、ルカを見る。

「わかったわよ……話だけなら聞いてあげないこともないわ。でも、聞くだけよ？」

「はい、ありがとうございます」

ルカはふわりとやわらかくほほえむとくわしい事情《じじょう》を話しはじめた。

それは二か月ほど前のことだった。

ルカの妹、ミクは子どものころから陸への好奇心《こうきしん》がおうせいな子で、なんども陸へ上がってはルカたちの父親にしかられていたという。

そんなミクが人間に恋《こい》をしたというのだ。なんどかデートをし、そのたびにうれしそうに帰ってきてはルカに話をしていた。

「お姉ちゃん、わたし、やっぱりあの人が好き。いつかは陸で暮《く》らしたいな」

「もうミクったらそればっかり。いい？　わたしたち人魚は水から離《はな》れては生きていけないのよ？　人間と暮らすなんてできるわけないじゃない。人魚と陸のものの恋《こい》がうまくいくなんておとぎ話だけよ」

「それはわかってるけど。でも、やっぱりわたし、あの人が好き。この気持ちはあきらめきれないの。あの人を思うだけで涙《なみだ》が出るほど、切なくて……あっ！」

そのとき、ミクの瞳《ひとみ》からこぼれた涙がハート型の宝石《ほうせき》になったのだ。『人魚の涙』は恋《こい》をした人魚の涙からできる宝石だと言われているが、ほんとうは少しちがう。心の底から世界で一番誰《だれ》よりも相手を好きだと思っていなければ、涙は宝石にならない。だから、『人魚の涙』は人魚にとって、世界で一番の愛の証《あかし》になるのだ。

「お姉ちゃん、この涙を見たらわかるでしょう？　わたしはあの人のことが世界で一番好きなの。だからわたし、誰が止めたってこれをあの人に渡《わた》しにいくわ！　そして、ずっといっしょに暮らすの！」

「待って、ミク！」

ルカはミクを止めたが、恋人《こいびと》を思うミクは『人魚の涙《なみだ》』を握《にぎ》りしめ、陸へと向かってしまった。そして――


「そこを悪い人間に捕《つか》まったってわけね」

「はい、そうなのです」

ルカが涙ながらにうなずく。

「人魚にとっての最大の愛の証《あかし》かぁ……ロマンチックだなあ。ねえ、お嬢《じょう》さま。僕《ぼく》らがねらってた、猫耳《ねこみみ》族の一族の宝《たから》だったって『人魚の涙』、もしかして人魚が猫耳族に恋をしてプレゼントしたんじゃない？」

うっとりつぶやくレンにリンがしんらつな言葉を返す。

「そんなわけないでしょ。人魚と陸のものの恋なんて実ってたら、語りつがれてるに決まってるわ。だいたい、陸のものと人魚の恋がうまくいかないってことは、さっきルカだって言ってたじゃない」

「愛の証でありますが、すべての『人魚の涙』が誰《だれ》かにプレゼントされたり、大切にされたりしているわけではありませんからね。高価《こうか》なものですし、売られたことがないわけではありません」

「そっかぁ……」

売られる愛の証《あかし》、というのもさみしい気はするが、そういうものなのかもしれない。うまくいかなかった愛の証をずっと持ってるのもつらいことだとは思う。それでも、できれば想いがかなってずっと大事にされてればよかったのにな、とレンは感じた。好きなのにかなわない想いなんて悲しすぎる。

「それにしても、ミクはいったいどこにいるのでしょう？　人間が『人魚の涙《なみだ》』を手に入れたなら、どこかに売ると思うのですが……おふたりは、最近、ハート型の『人魚の涙』を誰《だれ》かが手に入れたという話をごぞんじありませんか？」

「ハート型？」

リンとレンは顔を見あわせた。リンがポケットに入れていたニセモノの『人魚の涙』を取りだしてルカに見せる。

「もしかして、それってこれに似《に》てる？」

「はい、似《に》てます！　これはそっくりに作られたガラス玉ですが……形といい、色といい、あの子が流した涙《なみだ》にそっくりです！」

『人魚の涙』って、もしかしてひとつひとつ形がちがうの？」

「はい。『人魚の涙』に同じ形や色のものはありません」

「で、ボクたちがとってきたニセモノとミクさんの『人魚の涙』がそっくりだっていうことは、もしかして……」

「ミクを捕《つか》まえてるのは、ブラム男爵《だんしゃく》ってことね」

リンがするどい視線《しせん》をニセモノの宝石《ほうせき》に落とした。その目がさみしげものに変わり、ふっとため息がくちびるからこぼれる。

「じゃあ、あいつが持ってた『人魚の涙』はあたしが探《さが》していたものじゃなかったってことなのね……」

『人魚の涙』をお探しだったのですか？　それなら、ミクが助かるのなら、あの子を説得して涙はあなたにお渡《わた》ししてもかまいません！」

「いらないわ、そんな大事なものを盗《ぬす》もうとは思わないわよ。でも……」

リンはきっと顔をひきしめた。

「女の子の恋心《こいごころ》までお金儲《もう》けに利用しようとするなんて、やっぱりゆるせない！　命令よ、レン。ピーター&《アンド》ジェニイとしてミクを盗《ぬす》みだすわよ！」

「了解《りょうかい》！」

お嬢《じょう》さまがそう言うならレンに異論《いろん》があるはずもない。ふたりの言葉にルカがぼろぼろと涙《なみだ》をこぼした。

「ありがとうございます、ありがとうございます……！」

「いいのよ。あたしがしたくてしてることなんだから。やるわよ、ピーター？」

「もちろんだよ、ジェニイ。僕《ぼく》らに盗めないものはないからね」

レンにリンがうれしそうな顔を向ける。ふたりの主従《しゅじゅう》は、相棒《あいぼう》としての笑みをかわすと、ぱぁんっと勢《いきお》いよく手を打ちあわせた。さあ、新たな冒険《ぼうけん》のはじまりだ。

第三章　捕《と》らわれの人魚を探《さが》しだせ

「まずはミクの居場所《いばしょ》と本物の『人魚の涙《なみだ》』のありかを探《さが》しださないといけないわね」

ルカが海に帰っていった後、リンとレンは作戦会議を始めた。

「じゃあ、またパーティーのお客さまとして忍《しの》びこむ？」

「あいにくだけど、すぐに開かれるパーティーはないわ。まあ、このあいだあったばかりだもの。しょうがないわよね」

「それもそうか。となると……」

「そういえば、レン。パーティーのとき、お屋敷《やしき》で何か気になる場所はなかった？　ミクをかくしていそうな場所よ」

「そうそう、ひとつ気になった場所があるんだ。地下への階段なんだけど」

レンは屋敷を探《さが》しているあいだに聞いた小さなうめき声の話をした。その後、すぐにカイトに見つかってしまったから調べられなかったけれど、どう考えてもあやしすぎる。話を聞いたリンはらんらんと目をかがやかせた。

「それよ！　絶対《ぜったい》にあやしいわ！」

「問題はどうやって調べるかだよね。屋敷《やしき》の警備《けいび》はさらに厳重《げんじゅう》になってるみたいだしさ。忍《しの》びこむのはそうとうたいへんだよ」

頭をかかえるレンにリンがにやりと笑った。

「だいじょうぶ、あたしにいい考えがあるの。ちょっと待っててくれる？」

「いい考え？　それって……あっ、ちょっとお嬢《じょう》さま！」

「着替《きが》えてくるから！　あ、のぞいたりしたらひっかくからね！」

「の、のぞかないよ！」

リンがからかうように言ってクローゼットのある奥《おく》の小部屋へと走っていくのを、レンは顔を赤くして見送った。

しばらくしてリンが戻《もど》ってきたとき、レンは一瞬《いっしゅん》、誰《だれ》だかわからなかった。

「ただいま～！」

「え？　お嬢さま……だよね？」

目をまんまるにして、あらわれたメイド服を着た女の子を見つめる。リンは豪華《ごうか》な

ドレスをぬぎすてて、シンプルな紺《こん》のワンピースに真っ白なエプロンを着ていた。変わったのは服だけじゃない。

つややかな黒い猫耳《ねこみみ》こそ同じなものの、きらきらとかがやいていた自慢《じまん》の金髪《きんぱつ》はにんじんみたいな赤い色に染《そ》めてあり、勝ち気そうな瞳《ひとみ》はぶあつい眼鏡《めがね》でかくされている。おまけにほっぺには、化粧《けしょう》道具でそばかすまで描《か》いてある。

いつものリンとは似《に》ても似つかない姿《すがた》にレンは口をぽかんと開けた。

「そうよ。こうやって変装《へんそう》してメイドとしてもぐりこめばいいじゃない！　ふふっ、このかっこうならあたしだって気づかれないでしょ？」

「う、うん、すごいよ。僕《ぼく》も誰《だれ》かと思ったもの！」

おどろくレンにリンは新聞の求人欄《きゅうじんらん》を見せた。

「ほら、ちょうどメイドを募集《ぼしゅう》してるのよ。猫耳《ねこみみ》族で十二歳《さい》から十六歳までだから、あたしは条件《じょうけん》にあてはまるじゃない？　屋敷《やしき》で働いてるメイドも猫耳族ばっかりなんでしょ？　だったら、メイドとして働きながら情報収集《じょうほうしゅうしゅう》してくるわ。ついでに地下のようすも見てくればいいわよね」

リンはやる気まんまんだ。

「でもさ、ひとりでだいじょうぶ？　僕《ぼく》もいっしょに行ったほうがいいんじゃないかな。お嬢《じょう》さまだけじゃ心配だよ」

「もうっ、あたしだってピーター&《アンド》ジェニイの一員なのよ？　心配しないで」

「でも……」

リンに何かあったら、と思うとどうしても不安になってしまう。眉《まゆ》をハの字にするレンのおでこを、リンがひとさし指でぴんっと弾《はじ》いた。

「バカね。あたしはあなたのご主人さまなんだから、だいじょうぶに決まってるでしょ、演技力《えんぎりょく》には自信あるもの。毎日、ちゃんと連絡《れんらく》もするから安心なさい。それに、レンには他にもやってほしいことがあるしね」

「やってほしいこと？」

「ええ、屋敷《やしき》のなかはあたしが調べておくから、レンは外を調べてほしいのよ」

ブラム男爵《だんしゃく》ほどの大金持ちなら屋敷《やしき》以外にも家を持っていてもおかしくない。会社を経営《けいえい》しているのだから、事務所《じむしょ》に使っている建物だってあるだろう。

「ブラム男爵《だんしゃく》を尾行《びこう》して、そういう場所を見つけてきてほしいの」

「なるほど、そっちにミクさんが連れていかれてる可能性《かのうせい》もあるもんね」

「忍《しの》びこんで本格的《ほんかくてき》な調査《ちょうさ》まではしなくてもいいけど、だいたいの場所や大きさなんかだけでも調べておいてくれる？　あと、警備《けいび》がどれくらい厳重《げんじゅう》かもね」

「わかったよ」

レンは顔をひきしめてうなずいた。リンのことはまだ少し心配だが、自分に頼《たの》みたいことがあると言われたら断《ことわ》れない。リンの演技《えんぎ》がうまいのも知っている。社交界での彼女《かのじょ》はおてんばなところやわがままなところなど、まったく見せないみごとなお嬢《じょう》さまぶりだ。メイドのふりをするくらい、リンには朝飯前だろう。

「というわけで、ふた手に別れて情報収集《じょうほうしゅうしゅう》開始よ。たぶん、しばらく住みこみになるから、朝早くに伝書バトを飛ばしてくれるかしら？」

「オッケー。……じゃあ、連絡《れんらく》はそれで取り合うってことで」

「よし、それじゃあ……作戦開始よ！」

リンが元気よくこぶしを突《つ》きあげ、ガッツポーズをする。レンも同じように腕《うで》を高く突《つ》きあげると、にぎった手をリンのこぶしにこつん、とぶつけたのだった。

次の日からレンは朝早く起きて、ブラム男爵《だんしゃく》の尾行《びこう》を始めた。ロンドンの屋敷《やしき》の他に家を持っていないか、会社の事務所《じむしょ》がどこにあるかなどを男爵の行き先についていって確《たし》かめる。

その結果、ブラム男爵はロンドンに他の屋敷《やしき》を持っているようすはなかった。そして鉄道会社の事務所《じむしょ》は、ロンドンの中心にあるパディントン駅の建物の一部を使っていることがわかった。

屋敷にはリンがもぐりこんでいるため、レンは事務所を調べることにした。仕事が昼休みになるくらいの時間に、郵便《ゆうびん》配達のふりをして入りこむ。

昼食どきにもかかわらず、パディントン駅にある事務所はいそがしそうだった。たくさんの人間がひっきりなしに書類や地図とにらみあったり、路線や時刻表《じこくひょう》を作っている。

「お届《とど》けものでーす」

「おう、そのへんに置いといてくれー」

手紙を指示《しじ》された机《つくえ》に置きながら、レンは周りをさっと見まわした。休けいをとろうとしてる青年をめざとく見つけると近づいて声をかけた。

「今から昼食ですか？」

「ああ、順番で休けいをとってるんだ。次は俺《おれ》の番ってわけさ」

「だったら、近くの広場に安くてうまい屋台が出てるんですよ。フィッシュ&《アンド》チップスなんですけど。おすすめですよ！」

フィッシュ&チップスは白身魚とじゃがいものフライに塩と酢《す》をふった、ロンドンならどこでも食べられる手軽な食事だ。

「フィッシュ&チップスか。ま、あげものが食いたかったし、それにするか。どうせ、友だちのやってる店で食ってほしいって話だろ？」

「あ、ばれました？　でもほんとうにおいしいんですって！」

「ま、いいや。そこにしよう。じゃ、休けいに行ってきまーす」

レンは情報収集《じょうほうしゅうしゅう》をするためにあちこち走ることもあって顔が広い。パディントン駅の近くの広場で屋台をやっている人狼《じんろう》の少女とも顔見知りだった。

事務所《じむしょ》を出ていく青年についていき、レンも屋台に向かった。フィッシュ&《アンド》チップスを買って、広場のはしで立ち食いをしている青年のとなりにならぶ。

「なんだなんだ、まだ何か用があるのか？」

「そうなんです。……じつは僕《ぼく》、鉄道会社で働きたいって思ってるんですけど、ブラム鉄道ってどうなのか話を聞いてみたくて」

「その話を聞くために、友だちの店をすすめたのか。ちゃっかりしてるな、おまえ」

青年は苦笑しながらも、レンにブラム鉄道の話をいろいろとしてくれた。ブラム鉄道はさすがに今一番大きな鉄道会社だけあってずいぶんいそがしいそうだ。下働きだと給料は安いが、有能《ゆうのう》だと判断《はんだん》されたらどんどん給料が上がる。

「へぇ〜、ずいぶん景気がいいんですねえ。たしかこのあいだ、すごく高い宝石《ほうせき》を買っておひろめパーティーもしたんでしょう、社長のブラム男爵《だんしゃく》って」

「ああ、そりゃもうけてるからな。このあいだ、破産《はさん》したスコットランドのグラハム子爵《ししゃく》の領地《りょうち》も買い取って新しく商売を始めたし。しかもそこに別荘《べっそう》まで作ったらしいぜ。いいよなぁ、うらやましいよなぁ」

スコットランドのグラハム子爵《ししゃく》の領地《りょうち》だったところに別荘《べっそう》。ミクはそこに連れていかれているかもしれない。後で調べようとレンはこっそりメモに書きこんだ。

「そういえば、飛行船も持ってるんだよな、うちの社長」

「飛行船？　飛行船でも何か商売を始めるんですか？　でも、鉄道会社ですよね？」

「それがさ、鉄道には鉄道の、飛行船には飛行船のよさがあるんだと」

鉄道は線路のある場所へ、大量の人や物をいっきに運ぶことができる。反面、線路のない場所には行けない。決まった場所しか進めないからだ。

飛行船は着地させるための場所さえあれば、どこへでも行ける。かわりにあまり多くの荷物や人は運べない。

さらに鉄道は運行時刻《じこく》や経路《けいろ》が決まっているし、大量に人が乗り降《お》りするため、不《ふ》審者《しんしゃ》が出入りしやすい。

だが飛行船なら最初に乗りこむ人間さえしっかり見張《みは》っておけば安全だ。空にいれば強盗《ごうとう》が襲《おそ》ってくることもない。警備《けいび》に必要な人員も少なくてすむ。

だからブラム男爵《だんしゃく》は、大量に運ばなければならないようなものは鉄道を使い、ほんとうに大事な荷物だけを飛行船で運ばせているということだった。

ブラム男爵の別荘《べっそう》や駅には飛行船の発着場がいくつかあり、飛行船が止まっているときは警備《けいび》がものすごく厳重《げんじゅう》になるそうだ。

「そういや、今はソールズベリの駅にとまってるんじゃなかったかな」

(それって、すごくあやしいよね……)

ミクはもう飛行船で連れていかれてしまったかもしれない。だが地下室のうめき声も気になる。ミクはまだ地下室にいる可能性《かのうせい》もある。すぐには判断《はんだん》できなかった。

(いったんお嬢《じょう》さまと相談かな。僕《ぼく》ひとりで確《たし》かめにいくのはあぶないし)

ソールズベリまでは鉄道に乗って二時間半はかかる。自分に何かあっても、リンにすぐ連絡《れんらく》がとれない場所にひとりで向かうことはさすがにできない。

レンは話をしてくれた青年にお礼を言って立ちあがると、その場を後にした。

いっぽう、リンはメイドとして働きながら、屋敷《やしき》を探《さぐ》っていた。一番気になるのはうめき声を聞いたという地下室だ。

メイドとして雇《やと》われた日に、絶対《ぜったい》に地下室に近づいてはいけないとも言われた。あやしい。他のメイドや警備員《けいびいん》たちに聞きまわってみたが、誰《だれ》も話してくれなかった。

「ねえ、あの地下室には何があるの？　絶対近づいちゃいけないって言われたけど、何か危険《きけん》なものでもかくしてあるのかしら？」

少し仲良くなった同じ年ごろの猫耳《ねこみみ》族の少女に、クッキーをさしだしてたずねるとようやく重い口を開いてくれた。

「えっと……わたしもよく知らないの。近づいたら怒《おこ》られるし……でも、ベテランのメイドがたらいにたくさん水を入れて持っていくのを見たわ。お魚でも飼《か》っているのかもしれないわね」

「お魚……きっと、貴重《きちょう》なお魚だからわたしたちにはさわらせないのかもね」

「ええ、そうかもしれないわ」

絶対にちがう、とリンは感じた。大量の水を運んでいたということは、やはりミクは地下室にいるのだ。人魚は水から長く離《はな》れられないとルカは言っていた。いくら水を運んでいるとはいえ、地下室にずっと閉《と》じこめられているのだ。ミクはずいぶん弱っているにちがいない。一刻《いっこく》も早く助けださないと。

「話してくれてありがとう。それを食べたら、おそうじの続きをしましょう」

「ええ、わかったわ」

リンは仕事の合間にこっそり地下室へと向かおうとした。階段《かいだん》の近くまで行き、降《お》りてみようとする。と、ブラム男爵《だんしゃく》がやってきてしまった。後ろに数人の警備《けいび》まで連れている。

「おや、新入りのメイドじゃないか。こんなところで何をしているんだね？」

「あ、え、えっとそうじを……と思いまして」

「このあたりのそうじはおまえのようなものにはまかせていない。おおかたサボりだろう。給料を減《へ》らされたくなければ、とっとと持ち場に戻《もど》れ」

「は、はぁい……」

返事をしながら、リンはちらりと地下室のほうを見た。

「あの、その階段の下には何があるんですか？」

だめもとでたずねてみたが、男爵《だんしゃく》は冷たい目をリンに向けるだけだった。

「我《わ》が家にとって重要なものがある。おまえのようなものに教えられるわけがなかろう。いいか？　勝手に入ってみろ、一か月給料なしにしてやる！」

「は、はい～、すみません、入りません。持ち場に戻《もど》りまーす」

ブラム男爵がここにいるのでは、地下室を調べることなどできない。リンはあきらめてそこから立ち去った。


リンを追い払《はら》ったブラム男爵はゆっくりと地下室の階段《かいだん》を降《お》りていった。奥《おく》にある牢《ろう》の入り口まで歩いていくと、連れていた人狼《じんろう》に鍵《かぎ》を開けさせてなかへと入る。男爵は手にしたランプで牢《ろう》のなかにうずくまっていた人影《ひとかげ》を照らした。

「気分はどうかね。新しい『人魚の涙《なみだ》』を作る気にはなったか」

「……無理です。あなたのためなんかに『人魚の涙』は作れません」

かすれ、弱った声だったが、きっぱりとした拒絶《きょぜつ》の意志《いし》が宿っていた。声を発したのはミクだった。ほつれた髪《かみ》がやせたほおにかかっている。見るからに衰弱《すいじゃく》し、疲《つか》れきっているようすだった。

ミクはブラム男爵《だんしゃく》が近づくと身をこわばらせ、きっと気丈《きじょう》に彼《かれ》をにらみつけた。そんなミクを男爵はまるで店にならぶアクセサリーを見るかのような目で見つめる。

「ふん、人魚がいればばかの宝石《ほうせき》を量産できるかと思ったが、力づくでは作れないとはな。まあいい、こうして捕《と》らえているなら、そのうちまたできるだろう」

「……無理だって言ってるのに。早くここから出してください。『人魚の涙《なみだ》』も返して！あれはわたしの大切なものなんです！」

「ははっ、バカなことを。あれはわたしのコレクションだよ。おまえもな。安心しろ、別荘《べっそう》におまえを住まわせるための巨大《きょだい》水そうができあがった。おまえはそこで一生暮《く》らして、わたしのために『人魚の涙』を作り続けるのだ！　ははっ、ははははははっっ！」

「そんな……」

高笑いするブラム男爵にミクがぼうぜんとする。

「さあ、連れていけ。明後日の晩《ばん》には出発できるよう、準備《じゅんび》を整えねばならんからな」

「はっっ！」

「いやっ、はなして！　助けて！　助けて……カイトさん！」

ブラムの部下たちがミクをとらえ、水を張《は》った大きなガラスの水そうのなかへと閉《と》じこめる。助けを求める声は分厚《ぶあつ》いふたが閉《と》じられると同時に聞こえなくなった。


その後もリンは仕事の合間に地下室へ向かおうとしたが、新入りが地下に近づかないように念入りに見張《みは》られていて、行こうとするたびに誰《だれ》かに呼《よ》びとめられた。警戒《けいかい》の厳重《げんじゅう》さにリンはますます確信《かくしん》を深める。

（いったんレンと相談しましょう。あたしひとりじゃきびしそうだわ）

リンは部屋に戻《もど》ると、こっそりとレンに手紙を書きはじめた。


コヴェントガーデンはイギリスで一番大きな市場だ。ロンドンの中心部、テムズ川のほとりにある。野菜や果物のおろし売り市場を中心にさまざまな商業・娯楽施設《ごらくしせつ》が集まっている。

そのなかのうらぶれた路地の奥《おく》に、ひっそりと小さなカフェがあった。片目《かため》の猫《ねこ》のカンバンがゆらゆらと入り口でゆれている、二階建ての店。リンとレンが怪盗《かいとう》ピーター&《アンド》ジェニイとして外で待ちあわせるときによく使う場所のひとつだった。

レンが古くぎしぎし鳴る階段《かいだん》を上って二階へ行くと、すでにリンは一番奥《おく》のいつもの席でメイドに変装《へんそう》したまま、ゆったりと紅茶《こうちゃ》を飲んでいた。リンはレンに気づくと、眼鏡《めがね》の奥の勝ち気な瞳《ひとみ》でレンをにらみつけた。

「……おそい！　いつまで待たせる気よ！　おつかいに行くって言って出てきたんだから、あたし、そんなに時間ないの！」

「ご、ごめん。約束より早く来たんだけど……」

時計を見るとまだ十一時五十分だった。約束の時間は十二時のはずだ。

「あなたはあたしのしもべなんだから、あたしより早く来るのがとうぜんでしょ！」

「ごめんなさい……」

リンがぷぅっとほおをふくらませる。レンが申しわけなさそうにあやまると目をそらした。紅茶を一口飲んでふっと小さくため息をつく。

「いいわ、さっさと話をしちゃいましょう。そっちも調べてきたんでしょう？」

「うん、いろいろわかったよ」

ふたりはお茶を飲みながら、たがいに調べてきたことを話し合った。

「まず、レンも言ってた飛行船のことね。これが今、ソールズベリにあるのはたしかな話だわ。明後日から飛行船の警備《けいび》でソールズベリに行くって人狼《じんろう》のおじさんたちが今朝話していたのを聞いたからまちがいないわ」

声をひそめて真剣《しんけん》な顔でリンがレンを見つめる。

「そこにミクさんが連れていかれるってこと?」

「ええ、きっとね。ブラム男爵《だんしゃく》はね、気に入ったお宝《たから》はみんな飛行船に乗せて、スコットランドの別荘《べっそう》に運んでいくの。そこがレンの言ってたグラハム子爵《ししゃく》の元領地《りょうち》ね。次にスコットランドに向かうのは明後日の晩《ばん》。そのときにロンドンの上も飛ぶらしいわ。きっと『人魚の涙《なみだ》』も飛行船に運ばれているでしょうね」

リンが目をきらりと光らせた。

「できれば運ばれる前にミクさんを助けたいけど。地下室は調べられなかったの?」

「ごめん、無理だったわ。こっそり近づこうとしたけど階段《かいだん》を降《お》りる前に見つかっちゃった。なかよくなった子の話だとたくさんの水を運んでいたそうだから、ミクはそこにいるんだと思う。でも明後日になったら飛行船で遠くに連れていかれちゃうわ」

「忍《しの》びこんでようすを見るなら今ってことか……」

腕組《うでぐ》みをするレンにリンが身を乗りだした。

「ええ、そのとおりよ。だからレン、眠《ねむ》り薬を用意してちょうだい。あたしが屋敷《やしき》のものたちに薬を飲ませて眠《ねむ》らせる。それから屋敷の裏口《うらぐち》を開けるから、地下室を調べてきてくれるかしら？」

「オッケー、わかったよ。じゃあ四時ごろに眠り薬を伝書バトに運ばせるね」

「そうね、お願いするわ。と、あたし、そろそろ戻《もど》らなくっちゃ。あのいやみなメイド長にしかられちゃう」

リンがぴょんっといすから立ちあがった。ふわっとスカートのすそとしっぽをひるがえし、にこっと笑う。

「絶対《ぜったい》、ミクを盗《ぬす》みだしてあのいやな男爵《だんしゃく》をぎゃふんと言わせてやりましょうね」

「もちろんだよ、お嬢《じょう》さま」

レンは力強くうなずいた。ミクは絶対《ぜったい》に怪盗《かいとう》ピーター&《アンド》ジェニイが盗《ぬす》みだして見せる。かたい決意を胸《むね》にレンはきりりと表情《ひょうじょう》をひきしめた。

「……わかってると思うけどしずかにね。みんな寝《ね》てるからだいじょうぶだと思うけど、見つかったら大さわぎになっちゃうから」

「うん、わかってるよ」

その日の夜、レンはリンの手引きにより、ブラム男爵《だんしゃく》の屋敷《やしき》に忍《しの》びこんでいた。リンがいろいろと細工をして警備員《けいびいん》や使用人を眠《ねむ》らせていてくれたおかげで、見つかることなく入ることができた。

メイド姿《すがた》のリンが先導《せんどう》し、しずまりかえった屋敷をレンは地下室めざして歩いていく。とちゅう、何人か警備員の前を通ったが全員ろうかにすわりこんで寝《ね》こけていた。

リンに渡《わた》した眠《ねむ》り薬の効果《こうか》はばつぐんのようだ。

「みんなの夕飯にこっそり混《ま》ぜたから。ブラム男爵もぐっすり眠っているはずよ」

「ありがとう、たすかるよ」

「あたしは念のためにここで見張《みは》ってるわ。レン、まかせたわよ」

「オッケー、まかせて」

心配そうに見つめるリンに片手《かたて》を上げて、レンはゆっくりと地下室に向かって降《お》りていった。


レンは階段《かいだん》を降《お》りると、地下室の入り口でぐっすり眠《ねむ》りこんでいた見張りをしばりあげ、念のために猿《さる》ぐつわもしておいた。扉《とびら》を開けて地下室へ入るとなかは細い通路になっていた。左右に鉄格子《てつごうし》のはまった牢屋《ろうや》が三つずつならんでいる。

牢屋のなかはむきだしの石壁《いしかべ》と床《ゆか》で、そまつなベッドといすだけが置いてあった。ほとんどは空っぽだ。右側の奥《おく》にある牢屋でごそりと何か動く気配がした。

「だ、誰《だれ》だ……？　またおいらのうろこを取りにきたのか？　やめてくれよ。もういやだ、かんべんしてくれよ……」

入り口に立つレンの姿《すがた》を見て、人影《ひとかげ》がおびえた声を上げた。青年の声だ。かすれて弱っている。レンはあわてて牢の前まで走った。

「あれ……？　いつもの人じゃないのか？」

人影《ひとかげ》――うろこの生えた体を持つ青年はレンを見てぽかんと口を開けた。口からはちろちろと蛇《へび》のように細長く先がふたつにわかれた舌《した》が出ている。上半身には服を着ておらず、ろうそくのあかりで真っ赤なうろこがキラキラときらめいていた。イギリスにはいないはずの蛇の目族だ。

蛇の目族はアラビアに多く住んでいる種族で、たいていは緑色のうろこを持っている。赤いルビーのようなうろこはめずらしいはずだ。話にしか聞いたことのない相手を見て、レンはおどろいた。

おそるおそる牢《ろう》に近づいて話しかける。近くで見ると少年の目はレンたちのものとはちがい、まぶたがなく瞳《ひとみ》は縦長《たてなが》の楕円形《だえんけい》をしていた。

「君は？　どうしてこんなところにいるの？」

「あ、え、えっと……おいらはナーゼル。故郷《こきょう》の村で暮《く》らしてたんだけど、ある日人間がやってきて、『赤いうろこの蛇の目族』がいたら雇《やと》いたいって言ってきたんだ。おいら兄弟多いし、仕送りできるならって思って、ついていったんだけど……」

ふるえながらぎゅっと自分で自分を抱《だ》きしめる蛇《へび》の目族の青年。よく見れば、体のところどころにうろこをはがされた痛々《いたいた》しいあとがあった。

「こんなところに放りこまれて、『赤いうろこの蛇の目族』のうろこは薬になるからってときどきうろこをはがされるんだ。もうここにいるのはいやだよ。家に帰りたい……」

「高く売れる薬の材料になるって話、僕《ぼく》も聞いたことがあるよ。でも、こんなふうに閉《と》じこめて無理矢理うろこをはがすなんて、ひどいことを……」

ぐすっと涙《なみだ》を浮《う》かべるナーゼルにレンの胸《むね》がちくちくと痛んだ。レンもたったひとりでロンドンにやってきて、リンにひろわれたのだ。それを考えると目の前の青年に手をさしのべたくなってしまう。

「あのさ、僕はピーター。怪盗《かいとう》ピーターだ。だから、僕が君をここから盗《ぬす》みだしてあげるよ。家に帰してあげられるかはわからないけど、少なくともこれ以上ひどいことはされないところに連れていくから」

また勝手なことをして、とリンに怒《おこ》られるかもしれなかったが、レンはナーゼルに手をさしのべた。だって、きっとリンも同じことをすると思ったからだ。

レンの大好きなお嬢《じょう》さまはすぐ怒《おこ》るし、わがままだし、文句《もんく》ばっかり言うけど、とてもやさしいのだ。ブラム男爵《だんしゃく》に苦しめられてるとわかったら、彼《かれ》のことも盗《ぬす》んできなさいと言うに決まってる。

レンがさしだした手をナーゼルはふしぎそうに見つめた。

「え……た、助けてくれるのか？」

「うん。代わりに教えてほしいことがあるんだ。いいかな？」

「おいらが知ってることなら……」

ナーゼルが閉《と》じこめられている以外にもならんでいる牢屋《ろうや》のひとつに、大きなたらいがあるのが気になっていた。ちらりとたらいに視線《しせん》を向けてレンはたずねる。

「あのさ、ここに人魚の女の子がいなかった？　えっと、緑色の長い髪《かみ》をしたおとなしそうな子なんだけど」

ルカから聞かされたミクの特徴《とくちょう》を話すと、ナーゼルは首を縦《たて》にふった。

「いたよ。『人魚の涙《なみだ》』を出せって、いつもいじめられててかわいそうだったんだ。

おいら、助けてあげたかったけど、牢屋《ろうや》に閉《と》じこめられてたし……」

ぎり、とレンは奥歯《おくば》をかみしめた。ブラム男爵《だんしゃく》はめずらしい力を持つ種族をこうやって捕《つか》まえてお金儲《もう》けに利用しようとしているのだ。ナーゼルからはうろこを、ミクからは涙《なみだ》をうばっていったのだろう。

「その子、今はどこに行ったかわかるかな？」

「……別荘《べっそう》に大きな水そうの用意ができたから連れていくって言ってた。おとといだったかな。飛行船で運ぶんだって箱に入れられて、連れていかれちゃったんだ」

「一歩遅《おそ》かったか……」

でも、まだ間に合う。ソールズベリにある飛行船に乗りこんでミクを助ければいいだけだ。そうと決まればまずはナーゼルを連れて外に逃《に》げなければ。牢の鍵《かぎ》を道具を使って開けていると、ナーゼルがぽつりとつぶやいた。

「そういえば……その子、いつも『助けて、カイトさん』って言ってたよ。海にいる恋人《こいびと》か家族なのかな？　きっと心配してるな」

「えっ？」

よく知った名前を聞き、びっくりしたレンは鍵《かぎ》を開けるのを失敗しそうになった。深呼吸《しんこきゅう》して気持ちを落ち着け、ふたたび挑戦《ちょうせん》する。かちり、と軽い音を立てて牢《ろう》の鍵《かぎ》が外れた。扉《とびら》を開け、ナーゼルの手かせや足かせも外して連れだす。

「あのさ、その話、ほんとう……？」

「うん、なんども聞いたから、うそじゃないよ。その子、男爵《だんしゃく》に会うたびに『人魚の涙《なみだ》』を返してくれって言ってた。カイトって人にあげるものなんだって」

その話を聞いてレンは確信《かくしん》する。ミクの恋人《こいびと》はカイトだったのだ。

写真に写っていた人魚の少女を思いだす。髪《かみ》の色はわからないけれど、おとなしそうなツインテールの少女だった。きっと彼女《かのじょ》がミクなのだ。

パーティーで会ったとき、カイトは写真の少女と連絡《れんらく》が取れなくなったと言っていた。きっとそのときにはミクはさらわれていたのだ。考えてみれば、人魚と人間の恋なんてそうそうあるものじゃない。それでもカイトの恋人がミクだったという偶然《ぐうぜん》にレンはおどろいていた。

「どうかした？」

「ううん、なんでもないよ」

レンはナーゼルを安心させるように微笑《ほほえ》んでみせた。ミクがカイトの恋人《こいびと》だろうが、自分がやることにかわりはない。

「安心して。その子も君も僕《ぼく》が必ずここから連れだすからさ。さ、行こう」

「う、うん」

レンがさしだした手をナーゼルがつかむ。ふたりは牢《ろう》から出て、屋敷《やしき》からの逃走《とうそう》を開始したのだった。

ナーゼルを連れ、レンは屋敷をぬけだした。見張《みは》っていたリンはナーゼルを見ておどろいたが、レンがわけを話すと家に連れて帰れと言ってくれた。

見張りたちが眠《ねむ》っているため、屋敷の外に出ることはたやすかった。蛇《へび》の目族は猫《ねこ》耳《みみ》族ほどすばやくはないが、しなやかな動きで音を立てずに動くことができる。リンの案内でふたりは無事に裏口《うらぐち》からぬけだすことに成功した。

リンは手引きしたことがあやしまれないように明日の朝に帰ってくるらしく、男爵《だんしゃく》の屋敷《やしき》に残った。

レンとナーゼルはそのまま屋敷の裏《うら》にある道を北へと走っていく。リンの屋敷はここから数キロメートルほど離《はな》れた高級住宅街《じゅうたくがい》にある。そこへ戻《もど》るつもりだったが、すぐにその足は止まった。

ブラムの屋敷ととなりの家とのあいだにある道。そこを突《つ》っきろうとしたときに、どんっと横から誰《だれ》かにぶつかられたのだ。いつもならそんなドジはしない。ナーゼルを連れていることもあってあせっていたせいだ。

「いてて……誰だ？　こんな夜中に出歩いてるとあぶないぞ。……って、おまえは怪《かい》盗《とう》ピーターじゃないか!?」

「げげっ、カイト警部《けいぶ》！」

間の悪いことにぶつかった相手はカイト警部だった。するどい視線《しせん》がレンへと向けられたかと思うと、いきなり組みつかれた。

「きっとおまえたちはまた現《あらわ》れると思って、ブラム男爵《だんしゃく》の屋敷の近くをパトロールしてて正解《せいかい》だったたな！　ジェニイはいっしょじゃないようだが、ここで会ったが百年目。

おとなしくお縄《なわ》についてもらうぞ！」

カイトがレンをがっちりとはがいじめにする。レンは必死にもがきながらさけんだ。

「待って！　話を聞いて！　僕《ぼく》はそこにいるナーゼルを逃《に》がしたいだけなんだ」

「は？　ナーゼル？」

「そ、そうだよ！　ピーターはおいらを助けてくれたんだ。離《はな》してくれよ」

とつぜん現《あらわ》れた警官《けいかん》に固まっていたナーゼルもレンを助けようと割《わ》って入った。見なれない蛇《へび》の目族の青年にカイトがびっくりして動きを止める。

「蛇の目族？　なんでこんなところにいるんだ？」

「ブラム男爵《だんしゃく》にだまされて閉《と》じこめられてひどい目にあわされていたんだよ」

「そうなんだ。それをピーターが助けてくれたんだよ」

ふたりの訴《うった》えにカイトは眉《まゆ》をひそめた。

「なんだって？　その話はほんとうなのか？」

「ほんとうだよ、ほら見て！　おいら、ブラム男爵にずっとうろこを無理矢理はがされてたんだよ！　手首のあたりもへこんでけずれてるだろ？　手錠《てじょう》のあとだよ」

ナーゼルが体のあちこちにあるいたいたしい傷《きず》あとを見せた。カイトがますます顔をしかめる。

「……彼《かれ》が監禁《かんきん》されていたのは事実のようだな。他の国のものだろうが、どんな種族だろうが監禁は重罪《じゅうざい》だ。くわしく話を聞かせてくれるか？」

「うん、だからいったん僕《ぼく》を捕《つか》まえないって約束してよ。それなら落ち着いて話せる場所に案内するから」

「……わかった、いいだろう」

カイトがレンから手を離《はな》す。レンはほっとひと息つきふたりを連れて歩きはじめた。

三人はそこから数キロメートル離《はな》れた、下町まで移動《いどう》した。

ボブの店の近くにあるボロボロのアパートの二階。空き部屋となっている場所にレンがふたりを案内する。ここはピーター&《アンド》ジェニイのかくれ家のひとつなのだ。ベッドが部屋の半分を占《し》めるせまい部屋で、レンたち三人は向かいあった。

「そうか……たいへんだったな。君のことは俺《おれ》がなんとかして故郷《こきょう》に帰れるようにする。だから安心しなさい」

ナーゼルの話を聞いたカイトは青年の肩《かた》をぽんぽんとたたいた。

「ありがとう、やさしい警部《けいぶ》さん」

ほっとしたのかナーゼルはベッドにたおれこむ。レンが心配してようすを見たが、疲《つか》れきって眠《ねむ》っているだけだ。

「それで……もうひとつの話なんだけど」

「ああ、ミクのことだな」

カイトは古い木のいすにすわると、ためいきをついた。

「ナーゼルの話だとミクさんは『人魚の涙《なみだ》』をカイト警部に渡《わた》そうとして捕《つか》まったらしいんだ。ずっと地下室に閉《と》じこめられてたって」

「……そうか。ミクが約束の日に来なかったのはそういうことだったのか」

「うん、このままじゃスコットランドに連れていかれちゃうよ」

「ブラム男爵《だんしゃく》め、なんてひどいことを……！」

どんっとカイトが強く壁《かべ》をなぐった。

「ちょ、ちょっと落ち着いて！　うるさくしたら近所迷惑《めいわく》だよ。ここ、壁《かべ》がうすいんだからさ。もう夜中なんだし」

「すまん。いてもたってもいられなくなってな……」

「ブラム男爵《だんしゃく》のこと逮捕《たいほ》できないの？　これって犯罪《はんざい》だよね？」

「ナーゼルのことがあるから可能《かのう》だろう。だが、まだミクがやつの手のなかにいる。今、逮捕《たいほ》しようとすれば証拠隠滅《しょうこいんめつ》のためにミクはどこかにすてられるかもしれない。くそっ、俺《おれ》はどうすればミクを助けられるんだ……！」

　カイトがうつむきこぶしをにぎりしめる。ふるえたこぶしと、せつなそうにきゅっと寄《よ》せられた眉《まゆ》からは彼《かれ》がどれだけミクを心配しているか伝わってきた。とうぜんだ。大切な恋人《こいびと》が誘拐《ゆうかい》されて、閉《と》じこめられているんだから。

　もし、リンが同じ目にあったらレンもきっと心配する。助けるためなら、なんだってしてみせる。そういえば男爵はリンの婚約者候補《こんやくしゃこうほ》だと聞いた。このままじゃリンはいやな男爵と結婚《けっこん》させられるかもしれない。レンは真剣《しんけん》な顔でカイトに問いかけた。

「カイト警部《けいぶ》、ミクさんを助けられたら、男爵を逮捕できる？」

「ああ、彼女《かのじょ》が無事なら、心おきなく俺《おれ》は男爵《だんしゃく》を捕《つか》まえるさ」

カイトの言葉を聞き、レンは思いきって彼《かれ》にたずねてみた。

「ねえ、カイト警部《けいぶ》。ミクさんを助けるために僕《ぼく》らに協力するつもりはある？」

「協力？　俺がどろぼうであるおまえたちに？　いったい、なんの冗談《じょうだん》だ？」

けげんな顔でカイトがレンを見返す。レンはまっすぐにカイトを見つめた。

「冗談なんかじゃないよ。もともと僕らはミクさんのお姉さんのルカさんに頼《たの》まれて、彼女《かのじょ》を助けるつもりだったんだ。それに協力する気はあるのかって聞いてるんだ」

「なっ……」

カイトが息をのみ、目を見ひらく。

「もちろん、どろぼうに協力したなんてことがばれたら警察をクビになるかもね。でもさ、僕たちに協力してくれたら絶対《ぜったい》にミクさんを助けるって約束する。あとはカイト警部の覚悟《かくご》だけだよ」

「警察をクビに……しかも、おまえたちどろぼうを信じろと……」

うつむいて頭を抱《かか》えて考えこむカイト。やがて吐《は》きだすようにレンにたずねた。

「ほんとうにミクを助けられるんだな？」

「うん。僕《ぼく》たちは飛行船に侵入《しんにゅう》する手段《しゅだん》もある。カイト警部《けいぶ》が協力してくれれば、きっともっとうまくやれるよ。今回だけでもいいから、手を組まない？」

レンがカイトに向かって手をさしだす。カイトはじっとそれを見ていたが、決意してレンの手を強くにぎった。カイトの強い覚悟《かくご》を秘《ひ》めた目がレンに向けられる。

「わかった、今回だけだ。おまえたちに協力しよう」

「ほんとうにいいんだね？」

「ああ、ミクを助けるためなら俺《おれ》はなんでもする。敵《てき》であるどろぼうにも協力しよう。クビになったってかまうもんか！」

カイトのさけびにレンの胸《むね》まで熱くなった。ミクのことをこんなにも想っているカイトがいれば百人力だ。

(好きな人を助けたいって気持ちは僕もわかるもの。応援《おうえん》したくなるよね)

ブラム男爵《だんしゃく》のお金儲《もう》けのために離《はな》ればなれにされた恋人《こいびと》たちに、レンは自分の想いを重ねていた。リンもきっとわかってくれると思う。

「必ずミクさんのことを助けだそうね。そして、男爵《だんしゃく》をやっつけよう」

「ああ。クビになったとしても必ずあいつは逮捕《たいほ》してやるさ。ミクのためにもな」

レンとカイトは指切りの代わりのように強くたがいの手をにぎりあった。そしてふたりは手をはなすと、どちらからともなく笑いあったのだった。


次の日、レンは屋敷《やしき》に戻《もど》ってリンに、ミクがすでに飛行船に連れさられた話をした。

リンはブラム男爵の屋敷から戻ったばかりらしく、髪《かみ》の色や顔はもとのリンになっていたが、服はまだメイド服のままだった。

「じゃあ、飛行船に侵入《しんにゅう》してミクを盗《ぬす》みだせばいいのね」

「そのことなんだけどさ。じつはカイト警部《けいぶ》が協力してくれることになったんだ」

「……は？」

リンの顔がいっきにふきげんになった。しっぽがいらだちにゆらゆらゆれて、耳も危険《きけん》を察知したときみたいにぴんっと立っている。レンは肩《かた》をちぢこまらせながらも、早口でさっきのことを説明する。

ミクがカイトの恋人《こいびと》であること。カイトは男爵《だんしゃく》を逮捕《たいほ》したいと思っているが、彼女《かのじょ》が捕《つか》まったままではミクの身があぶないため、逮捕できないのをくやしがっていたことをレンは話した。

「本気で言ってるの、それ。冗談《じょうだん》よね、レン？」

「冗談じゃないよ、本気だ。僕《ぼく》が助けた蛇《へび》の目族の青年がいただろ？　彼《かれ》もカイト警《けい》部《ぶ》が保護《ほご》してくれてる。カイト警部は本気でミクさんを助けて、男爵を逮捕するつもりなんだ」

「ブラム男爵を逮捕する……？」

「うん、絶対《ぜったい》にそれだけはやるって言ってた」

迷《まよ》うようにリンの瞳《ひとみ》がゆれた。レンがさらに言葉をつなげる。

「ブラム男爵のことでリンが人間ぎらいになってるのはわかるよ。でも、そんな人間だけじゃない。それはリンだってわかってるだろ？　カイト警部はほんとうにミクが好きだし、僕たちが怪盗《かいとう》だとわかってて、協力したことで警察をクビになってもいい、それでも彼女《かのじょ》を助けたいって言ったんだ！　信じてよ！」

レンの思いをこめた言葉に、リンの肩《かた》からふっと力が抜《ぬ》けた。

「……わかった。レンがそこまで言うんだもの、会うだけは会いましょう」

「ありがとう」

「あなたはあたしのしもべだもの。あたしに悪い話をするわけがないものね。ミクを助けるのに、警察《けいさつ》が味方してくれるのは心強いのもたしかだし。カイト警部ならどうどうとなかに潜《もぐ》りこめるものね」

その上で、リンはレンに釘《くぎ》をさすのも忘《わす》れなかった。

「でも、もし会って彼《かれ》が敵《てき》だってわかったら逃《に》げるわよ？」

「わかってるよ」

「いずれにせよ、時間がないわ。さっそく作戦会議をしましょう。教えたかくれ家に今日の夕方ごろ呼《よ》びだしてちょうだい」

「オッケー」

レンはうなずくと、カイトにリンからの伝言を届《とど》けるため部屋を出ていった。

夕方、カイトとリン、レンはかくれ家に集まった。

リンとレンは怪盗《かいとう》ピーター&《アンド》ジェニイとしての黒装束《くろしょうぞく》。カイトはいつものトレンチコートに紺《こん》のスーツだ。

せまくほこりっぽい部屋で怪盗と警部《けいぶ》が向かい合う。リンが口を開き、緊張《きんちょう》した空気を破《やぶ》った。

「他に警官を呼《よ》びだしてあたしたちを捕《つか》まえるようすはないし、ほんとうにひとりみたいね。クビになってもいいからミクを助けたいっていうのは本気なの？」

「ああ、本気だ。ピーターにも言ったがミクは俺《おれ》の大切な人だ。彼女《かのじょ》を助けるためなら君たちに協力しよう」

まっすぐにリンの目を見るカイトを、じろじろと試すようにリンはながめた。レンがはらはらしながらふたりを見つめる。しばらくしてリンは小さく息を吐《は》くと、カイトに向かって微笑《ほほえ》んでみせた。

「いいわ、あなたの目、うそつきの目じゃないもの。信じてあげる。いっしょにブラム男爵《だんしゃく》からミクを盗《ぬす》みだしましょう」

「助けだすんだろ？」

「盗《ぬす》みだすのよ。協力してもらう以上、あたしたち怪盗《かいとう》のやり方につきあってもらうわよ。ふふ、予告状《よこくじょう》も出さないと。あの男爵《だんしゃく》をぎゃふんと言わせてやるわ！」

リンがわくわくと目をかがやかせはじめる。カイトがぽかんと口を開けた。

「予告状って……そんなことしたら警戒《けいかい》されるじゃないか」

「そこがねらい目よ。ふだんなら警察を飛行船に乗せるなんてあの男爵は絶対《ぜったい》にしないでしょうね。でも予告状が来たら？　あたしたちを捕《つか》まえるために、カイト警部は飛行船に乗りこめるんじゃない？」

「そうか！　それで、なかのようすを探《さぐ》ったり、僕《ぼく》たちが侵入《しんにゅう》するのを手伝ってもらえばいいんだね、ジェニイ」

「ええ、そうよ。あたしたちもいっしょにミクを助けるんだから、しっかり男爵を逮《たい》捕《ほ》して牢屋《ろうや》に入れてよね、カイト警部？　あたし、あいつみたいな悪党《あくとう》はきらいなの」

「なるほどな。よし、わかった。そういうことなら予告状を出そう。そして、あの男爵の悪事をばっちり暴《あば》いてやるさ！　俺《おれ》がクビになったとしても、あいつは必ず捕まえてみせる！　ミクを助けてな！」
カイトも不敵《ふてき》に笑い、三人はあらためて手を取りあったのだった。
翌朝《よくあさ》、ブラム男爵邸《だんしゃくてい》はとつじょ届《とど》けられたメッセージに騒然《そうぜん》となった。
『今宵《こよい》、あなたのほんとうの宝《たから》をいただきに飛行船へとまいります。
——怪盗《かいとう》ピーター＆《アンド》ジェニイ』

ロンドン塔《とう》——それは十一世紀にイングランドの王ヘンリー三世が完成させたロンドンを外敵《がいてき》から守る要塞《ようさい》だった。今は主に身分の高い犯罪者《はんざいしゃ》を幽閉《ゆうへい》するための牢獄《ろうごく》として使われている古いお城《しろ》だ。広い外壁《がいへき》にかこまれた敷地内《しきちない》には、いくつものりっぱな建物がならんでいる。
その真んなかにひときわ大きな白い石造《いしづく》りの建物があった。ロンドン塔のなかでももっとも古くに建てられた四つの塔を持つ三階建ての広い城、ホワイトタワーだ。

いつも霧《きり》におおわれているロンドンの街だが、今日はひときわ霧が深かった。おまけに月は糸のように細く、その弱々しい光は雲にかくされている。少し先を見通すのも困難《こんなん》な闇夜《やみよ》と霧のなか、ホワイトタワーの屋上にはふたつの影《かげ》が動いていた。

ぴんととがった猫《ねこ》の耳としなやかな長いしっぽが霧のなかでゆれる。言わずと知れた怪盗《かいとう》ピーター&《アンド》ジェニイ――レンとリンだ。

「ちょっとぉ、まだ準備《じゅんび》できないの？」

「もう少し待って。最後の組み立てはここでやるしかないんだからさ」

「それはわかるけど、早くしなきゃ飛行船が行っちゃうじゃないの！」

朝、予告状《よこくじょう》が届《とど》いたことを理由にカイトはブラム男爵《だんしゃく》を説得して、飛行船に乗りこむことに成功していた。さすがにブラム男爵も怪盗が来るとわかっているのに、お宝《たから》を運ぶ飛行船に警察《けいさつ》を乗せないわけにはいかなかったのだ。カイトは昼過《す》ぎには飛行船の警備《けいび》につき、今はなかでレンたちを待っているはずだ。

ふたりはレンが組み立てている『秘密兵器《ひみつへいき》』を持ちこむ事情《じじょう》もあって、カイトとは別ルートで飛行船に乗りこむことにしたのだ。飛行船の出発時間やだいたいの飛行ルートなどはカイトが昼のうちに伝書バトで伝えてくれている。

もうすぐこの近くに飛行船が飛んでくるはずなのだ。

リンがあせりながら空を見上げれば、まだ遠くではあるものの巨大《きょだい》な影《かげ》がぽっかりと浮《う》かんでいるのが見えた。離《はな》れていてもわかるほどの大きさだ。全長二百十四メートルの飛行船は、まるで空を飛ぶくじらのような形をしていた。それがゆったりとした速度でロンドンの空を飛行し、北へと進んでいく。

「まずいじゃない。どんどんこっちへ近づいてくるわよ」

じょじょに大きくなってくる飛行船の影にじれたリンが声をあげる。と、工具と格《かく》闘《とう》していたレンがぱっと顔を上げた。

「できた！　ジェニイ、早く後ろに乗って！　全速力でこぐよ！」

「わかったわ！」

レンがさっきから組み立てていたもの――それはふたり乗りの自転車にプロペラと翼《つばさ》のついた飛行機械だった。レンが言っていた『とっておき』とはこれのことだったのだ。ふたりは自転車にまたがり、前にすわったレンがペダルをこぎだした。

ペダルに合わせて自転車が前進しながら、プロペラを回転させる。それに合わせてプロペラの下につけられた蒸気《じょうき》エンジンが動きはじめた。

機関車と同じで石炭をくべて蒸気を発生させ、その圧力《あつりょく》でさまざまなものを動かす。今、そのエネルギーはプロペラを勢《いきお》いよく回し、後部にある排気口《はいきこう》から真っ白なけむりが噴《ふ》きでるごとに、かすかに車体が浮《う》く。

ペダルをこぐ力がレン手製《てせい》の飛行機械を動かし、前へ進ませていく。じょじょに近づいてくる巨大《きょだい》な飛行船をめざして飛ぶために。

「って、人力なの？　その蒸気エンジンはかざり？」

「かざりじゃないよ！　でもエンジンだけじゃ飛びあがることができないんだ。最初は風に乗せて空に浮《う》かせないといけないんだけど……」

「グライダーみたいに高いところからそのまま飛ぶんじゃだめなの？」

「グライダーより重いからね、そのまま飛んだら落ちちゃう。風に乗るためにはかなりのスピードと勢いが必要なんだ。だから自転車をこいで、思いっきり空に飛びだす。そうしたら後はエンジンの力で、ちゃんと僕《ぼく》たちを飛行船まで飛ばせてくれるはずさ」

「ううう……わかったわよ。それで高くて広い場所がいる、なんて言ってたのね」

「そうなんだよ。ちょうどいい場所があってよかった。……行くよ！」

屋上のはしまでふたりは猛《もう》スピードでペダルを回した。はしまできても足をゆるめず、そのまま飛行機械は城《しろ》から飛びだしていく。一瞬《いっしゅん》、落ちかけたかと思うと後部につけられた排気口《はいきこう》からぶおんっと真っ白なけむりが噴《ふ》きだした。いっきにぐんっと高度が上がり広がった翼《つばさ》が風に乗る。

「よしっ、成功だ！」

「ちょっと！　失敗するようなものにあたしを乗せたの!?」

「い、いちおう、ボクひとりのときは成功してたよ！　どっちみち飛行船に乗りこむにはこれしかないって。帰りは空から脱出《だっしゅつ》することになるんだし」

「たしかにそうね……よし、行くわよ！　落ちたりしたら、しょうちしないから！」

「オッケー！」

巨大《きょだい》な飛行船がどんどん近づいてくる。飛行船の下部分、くじらで言うとおなかのまんなかあたりに乗りこみ口があった。そこに人影《ひとかげ》が立っている。カイトだ。彼《かれ》はふ

たりに気がつくと手をふって合図をしてきた。

「風向きよし……このままっすぐ突《つ》っこむよ！」

「ふふっ、カイト警部《けいぶ》、ちゃんと仕事してくれてたってわけね。乗りこむのはなんとかなりそうじゃない」

「ジェニイ、しっかりロープは体にしばってある？　飛行船に乗りこむ瞬間《しゅんかん》は跳《と》び移《うつ》ることになるからね」

「わかってるわよ。いつもどおりサポートお願いね」

「はいはいっと」

自転車型飛行機械の欠点はこまかい方向転換《てんかん》が効《き》きにくいことだ。だが、しっかり風を読んだおかげもあって、まっすぐにカイトの待つ入り口へと飛んでいく。

「そろそろ……って、うわぁぁっ」

いきなり風の吹《ふ》く向きが変わり、横からの強風に機体がゆれた。飛行船にロープをひっかけるために片手《かたて》を離《はな》していたレンがバランスを崩《くず》す。投げられたフック付きロープは飛行船に触《ふ》れることなく落ちかけた。あやういところでカイトがフックをつかみ、強引に船の縁《ふち》にひっかける。

がくんっと飛行機械がゆれ、ぶらんぶらんと飛行船にぶらさがった。カイトが身を乗りだして、ふたりに声をかける。

「おいっ、無事か!?」

「な、なんとかね……」

腰《こし》に巻《ま》いた命綱《いのちづな》に支《ささ》えられながらもレンは片手《かたて》でどうにか飛行機械につかまっていた。リンも両手でしっかりとハンドルをにぎりしめながら、怒《おこ》った顔をレンに向ける。

「バカッ！　ひやひやさせないでよね！　あなたはあたしのしもべなんだから……し、しっかりしなさいよっ！」

「ご、ごめんね」

怒った顔がお嬢《じょう》さまの心配の証拠《しょうこ》だとわかっているから、レンはあわててあやまった。ぷいっとリンがそっぽを向く。暗くてわかりにくいけど、猫耳《ねこみみ》族であるレンの目にはリンのほおがほんのり赤くなっているのが見えた。レンの胸《むね》がきゅっとなって、しっかりしなきゃという気持ちになる。レンは上を見て顔をひきしめた。

「だいじょうぶか？　手を貸《か》す、早く上がってこい」

「うん、ありがとう、カイト警部《けいぶ》」

カイトが吹《ふ》きすさぶ風に髪《かみ》を散らしながら、けんめいに手をのばしてくれていた。レンがカイトの手につかまり、飛行船のなかまでのぼる。次はレンがリンに手を貸《か》して上へとのぼらせた。三人がかりで飛行機械を持ちあげ、なんとか侵入《しんにゅう》に成功する。

乗りこみ口はやや広い玄関《げんかん》のようになっていた。荷物を搬入《はんにゅう》したりしやすくするためだ。壁《かべ》には最新式のガス灯と伝声管が取りつけられていた。

伝声管とは管のはしに口をあてて話した声を、他のはしで聞きとるための長い管だ。船のなかで連絡《れんらく》を取りあうために設置《せっち》されている。

そこからビーッビーッと船内にけたたましい警告音が鳴りひびいた。

「な、何!?」

リンがびくりと耳をちぢこまらせると、伝声管から緊迫《きんぱく》した声が聞こえた。

『こちら、操縦席《そうじゅうせき》！　今、乗りこみ口から不審《ふしん》者が侵入した！　繰《く》り返す！　こちら、操縦席！　乗りこみ口から不審者が侵入《しんにゅう》した！　全員ただちに警戒《けいかい》せよ！』

三人の顔がいっきに青ざめた。

「まずい、僕《ぼく》たちの侵入《しんにゅう》がばれたみたいだ」

「……しかたない。一刻《いっこく》も早くミクを助けだすぞ」

「ちょっとぉ、じゃあ『人魚の涙《なみだ》』は？」

「そんなことを言ってる場合じゃない！　見張《みは》りが来る前にとにかく行くぞ！」

「ああ、もう、わかったわよ！」

不満だったが、リンの猫耳《ねこみみ》はこちらに近づいてくる警備員《けいびいん》の足音を聞きとっていた。ぐずぐずしていたら、何もしないうちに捕《つか》まってしまう。

「で、どっちに行けばいいの!?」

「こっちだ！」

乗りこみ口からは正面と右のふたつの方向に通路がわかれていた。カイトが右を指しながら、先頭に立って走っていく。リンとレンも急いでカイトに続いた。

「で、ミクがどこにいるかわかってるんでしょうね？」

「ああ、わかってる」

しばらく走ったところで、三人は警備員《けいびいん》から身をかくすために大きな倉庫のなかにもぐりこんだ。外の通路ではばたばたと警備員たちが走りまわっている音がする。

「まずこの地図を見てくれ」

カイトが手描《てが》きの地図をレンたちにさしだした。見ると、この飛行船は上半分が空を飛ぶためのガスがある空間で、下半分が人や物を乗せる場所になっている。

下半分は四階建てになっていて、一階から三階が倉庫、四階にブラム男爵《だんしゃく》の部屋や食堂がある。一階から三階はまだ工事中らしく、あちこち柱や機械がむきだしになっていたり、資材《しざい》や荷物がごちゃごちゃと積まれていて迷路《めいろ》のようだった。

リンたちが今いるのは一階のまんなかあたりにある倉庫だ。なかは広く、大量の荷物があるおかげでかくれる場所には困《こま》らない。

「ミクがいるのは俺《おれ》たちが今いる倉庫の上だ。そのあたりにある部屋に水と食事が運ばれていくのを見た。誰《だれ》かいるのか、警備員に聞いたが答えてくれなくてな。部屋には厳重《げんじゅう》に鍵《かぎ》もかかっていた。まちがいない、ミクはそこにいる」

「真上か……二階に上がる階段《かいだん》って、僕《ぼく》たちがいる場所とは反対側にあるんだよね、この地図だと。通路にいる警備員《けいびいん》たちをどうやってかいくぐるか……。いっそ天井《てんじょう》を外して直接《ちょくせつ》行ければいいんだけど」

リンたちがいるのは飛行船の進行方向から見て右側に近い倉庫だ。階段《かいだん》は反対側、左側に設置《せっち》されている。そこに行くまでには工事中の部屋や積まれた荷物のせいで、細くせまい迷路《めいろ》になった通路を、警備員に見つからないように進まなければならない。

レンがむずかしい顔で腕《うで》を組む。

「あら、やってみればいいじゃない。案外、うまくいくかもしれないわよ？　カイト警部《けいぶ》、ほんとうにこの真上なのよね？」

「ああ、昼からなんども船のなかを歩き回ったからな。まちがいない」

「わかったよ。じゃあ、カイト警部、ちょっと肩車《かたぐるま》してくれない？」

「はぁ？　なんで俺《おれ》がおまえを……」

「いいから、いいから」

そういうとひょいひょいっとレンはカイトの肩の上に跳《と》びのった。そして腕をのばして、天井《てんじょう》を探《さぐ》りはじめる。

「ぐっ……か、勝手によじのぼるな！」

「ミクを助けるためよ。協力するって言ったのはカイト警部《けいぶ》じゃないの」

「それはそうだが……人の頭をふむな！　失礼なやつだな！」

「我慢《がまん》してよ、カイト警部。ジェニイの言うとおり、うまくいきそうだ」

天井《てんじょう》にあった通風口のふたをレンが見つけて外した。すぅっと冷たい空気がそこから流れこんでくる。

「ちょっとようすを見てくる。ふたりはそこで待ってて」

「だからっ、頭をふむな～っ」

レンがカイトの頭をふみ台にして、通風口へと頭をつっこんだ。そのまま二階と一階のあいだに体をもぐりこませて、上の部屋へ入れないか探《さぐ》ってみる。

通風口のなかは高さこそ四つんばいでないと進めなかったが、大人でもじゅうぶんもぐりこめるだけの広さがあった。はしによくわからないが配管があり、それが上の階にもつながっている。

通風口の天井《てんじょう》は、よく見たら取り外せそうだった。レンは工具を取りだし、慎重《しんちょう》に天井のタイルをはずす。すると上の部屋の床《ゆか》に出た。あたりを見まわすと、奥《おく》に鉄格《てつごう》子《し》が見えた。ぴちゃん、と小さな水音もする。

「だ、誰《だれ》……？」

かよわい声が聞こえた。レンは直感的にミクだと感じて話しかけた。

「ミクさんだよね？」

「え、ええ……」

「僕《ぼく》はピーター。君を盗《ぬす》みにきたんだ。少し待っててね、すぐに行くから」

「えっ……？」

それだけを言うとレンはすぐにまた通風口を通って倉庫に戻《もど》った。

待っていたカイトとリンにミクを見つけたことを話す。

「ほ、ほんとうか？」

「うそなもんか。肩《かた》を貸《か》してもらった分の仕事はちゃんとしたよ」

「肩というか、思いっきり頭をふんでいただろう……まあいい、とにかく行こう。いつまでもここにかくれているわけにもいかないしな」

「レンが上にのぼっているあいだも、見張《みは》りがなんどか見にきたわ。あたしがかくれてるあいだに、カイト警部《けいぶ》がごまかしてくれたからよかったけど」

「帰りはこの倉庫じゃなくて、また別のルートを探《さが》したほうがいいかもしれないね……。ロープをおろすからふたりとものぼってきて」

「ああ、わかった」


三人が通風口から出た先には薄暗《うすぐら》い部屋があった。

せまい部屋はさらに鉄格子《てつごうし》で半分にしきられている。向こう側にミクが閉《と》じこめられていた。小さなたらいにしっぽをつけ、ぐったりと顔をふせている。

「ミク!」

ミクを見た瞬間《しゅんかん》、カイトが彼女《かのじょ》へとかけよった。

「……ミク! 俺《おれ》だ! 無事か? 返事をしてくれ!」

声を聞いたミクがよろよろと顔を起こし、おどろきに目を見ひらく。

「カイト……さん？　うそ、カイトさんがこんなところまで来るはず……」

「うそじゃない。俺《おれ》だ、遅《おそ》くなってすまない。助けにきたんだ！」

カイトがミクに向かって手をのばし、ミクも彼《かれ》に応《こた》えようとするが、鉄格子《てつごうし》がふたりをはばんだ。ミクの細い手が格子ごしにカイトの手をつかむ。必死に立っているのか、ぴんとのびたしっぽがくがくとふるえていた。

「ミク、無理しなくていい。すまない、ピーター。ここの鍵《かぎ》を開けてくれ」

レンが牢《ろう》の鍵を開けると、すぐにカイトがなかに入ってミクにかけよった。今にも倒《たお》れそうな細い体を支《ささ》えて抱《だ》きしめる。

「よかった……無事でほんとうによかった……」

「カイトさん……」

「あとは、ここから逃《に》げるだけだ。安心してくれ、君のことはかならず俺が海に帰してみせるから」

ミクがとまどいの表情《ひょうじょう》を浮《う》かべる。ミクが何か言う前に、リンが口をはさんだ。

「ちょっと、おふたりさん？　いちゃいちゃするのは後にしてよね。まずはここから逃《に》げるのが先でしょ！」

そして、きびしい顔で下を指さす。

「あたしたちがさっきまでいた倉庫、やっぱりあやしまれてる。今、警備員《けいびいん》がうろうろしてるわ。あたしの耳にはしっかり声と音が聞こえてるの。もうさっきの通風口から逃《に》げるのはやめましょう」

「じゃあ、いったん部屋の外に出て、階段《かいだん》を目指す？」

「そうね。さいわい部屋の外から足音は聞こえないわ。今のうちにさっさと出てしまいましょう。ここで捕《つか》まりたくなんてないでしょ？」

「あ、ああ、そうだな。ミク、行こう」

「は、はい……」

カイトがミクを抱《だ》きあげ、牢《ろう》から連れだす。リンがどこかうれしそうな顔でふたりを見つめていた。

「ジェニイ？　どうかした？」

「な、なんでもないわ。さっさと行きましょう。これで誘拐犯《ゆうかいはん》の男爵《だんしゃく》を心おきなく逮《たい》捕《ほ》できるでしょ」

「そうだね。あいつはきっと帰ってから、カイト警部《けいぶ》が逮捕してくれるよ」

レンがリンの肩《かた》をたたくとリンはにっこりと笑った。その顔はとてもはれやかで、きれいでレンはどぎまぎしてしまう。レンはそっぽを向くぼそぼそとつぶやいた。

「だから、リンお嬢《じょう》さまはあんなヤツとは結婚《けっこん》しなくてすむよ、うん」

いつも屋敷《やしき》でしているようにレンのおでこをリンがちょん、とつっつく。

「バカ、今、その話はいいのよ。さ、早く逃《に》げなきゃね。捕《つか》まっちゃ元も子もないわ」

ふたりはうなずきあうと、ミクとカイトとともに牢屋《ろうや》から出た。

第四章　飛行船からの大脱走《だいだっそう》

ミクが閉《と》じこめられていた部屋の前に見張《みは》りはいなかった。

どうやら予告状《よこくじょう》の「ほんとうの宝《たから》」というのを、ブラム男爵《だんしゃく》は本物の『人魚の涙《なみだ》』だと思っているらしい。警備員《けいびいん》はそっちを警戒《けいかい》しにいったようだ。

レンがそっと通路に出て左右を確認《かくにん》する。部屋の前の通路は左右にのびていた。それぞれの通路の壁《かべ》にはいくつかの扉《とびら》がある。一階にくらべれば、二階はずいぶんと工事が進んでいた。倉庫というよりホテルの客室みたいな感じだ。

右側は少し進んだところで行きどまりになっている。左は曲がり角があって、その先に道がつながっているようだった。

「……よし、だいじょうぶそうだよ」

全員、部屋から出ていく。ミクが不安そうにぎゅっとカイトへしがみついた。

「だいじょうぶですよね。見つかったりしませんよね？」

リンが少しふきげんそうに、ミクをにらむ。

「そんなのわからないわよ。でも、あたしたちは絶対《ぜったい》にここからあなたを連れだしてみせる。信じなさい」

「僕《ぼく》たちはねらった獲物《えもの》は絶対に手に入れる怪盗《かいとう》ピーター＆《アンド》ジェニイだからね」

安心させるためにそう言ったレンに、ミクがびっくりした顔になった。

「えっ、怪盗ピーター＆ジェニイって、いつもカイトさんが追いかけてる？　どろぼうなのにカイトさんのお手伝いをしてくれてるんですか？」

「……今回だけだ」

ぶぜんとした顔で答えるカイトに、リンがからかうような笑みを浮《う》かべる。

「あら、カイト警部《けいぶ》がクビになってもかまわないから、ミクを助けるためにあたしたちに協力するって言ったのよ、ね、ピーター？」

「そうそう。ミクさんのためならなんでもするってね～」

ふたりに言われて、カイトの顔が耳まで真っ赤になった。

「なっなっ、今、言わなくていいだろう、そんなこと！」

「カイトさん……わたしのために、そこまで……」

ミクがますます強くカイトにしがみつく。と、リンとレンが同時に猫《ねこ》の耳をひくつかせた。一瞬《いっしゅん》で、にやけた顔がひきしまる。

「まずい、警備員《けいびいん》が左側から来るよ。このまま進んだら見つかっちゃうよ」

「って左に行かなきゃ階段《かいだん》につかないじゃない。右は行きどまりよ、どうするの？」

「とりあえず反対側に逃《に》げよう。それでてきとうな部屋にかくれるんだ。今はとにかく警備員に見つからないようにしないと」

カイトの言葉にレンとリンもうなずいた。

「ピーター、先頭はお願い。カイト警部、ミクをしっかり守りなさいよね！」

「君に言われるまでもない！」

四人はあわてて警備員から逃《に》げるため右側へと走りだした。

息を殺しながらレンたちは走った。だが右側の道は少し走っただけで行きどまりになっている。その先に道はない。警備員の姿《すがた》はまだ見えないが角の向こうから声は聞こえてきた。

「なあ、あの侵入者《しんにゅう》ってほんとうにピーター&《アンド》ジェニイだと思うか？」

「予告状《よこくじょう》もあったしなあ。でも、『人魚の涙《なみだ》』は無事だったんだろ」

「ピーター&ジェニイもさすがにこの警備《けいび》を見て、逃《に》げたのかもなあ」

「そうだといいんだがな。さすがに眠《ねむ》い」

警備員たちが角を曲がったら見つかる。四人の背中《せなか》を冷や汗《あせ》が伝った。レンがとっさに部屋に入ろうとドアを開けようとするが鍵《かぎ》がかかっていた。

「……俺《おれ》が行ってくる。ごまかしているあいだに、三人はどこかにかくれろ！」

「わ、わかった！」

カイトが全力疾走《しっそう》で声のするほうへ走っていく。その姿《すがた》が曲がり角を曲がり、見えなくなった。

「見まわりごくろう！　ピーターたちは見つかったか!?」

危機《きき》一髪《いっぱつ》、カイトは警備員たちがレンたちのいる通路へとやってくる前に呼《よ》びとめることができた。前をふさぐように立って話しかける。

「おや、警部《けいぶ》さんも見まわりですかい？」

「ああ、さっき操縦室《そうじゅうしつ》から連絡《れんらく》が聞こえてきたからな。やつらはどこだ？」

「それがさっぱり見つからなくて。下の倉庫でそれらしい影《かげ》を見たって話もあったんですが、そこからはぜんぜん」

カイトがあせりを浮かべた顔でたずねた。

「そうか……。俺《おれ》もさっきこのあたりを見まわってたんだが、見つからなくてな」

カイトがくやしそうな顔でこぶしをにぎりしめる。ひとりがカイトの肩《かた》をたたいてはげました。

「入ったはいいけど、警備《けいび》の数に恐《おそ》れをなして盗《ぬす》みをやめたのかもしれませんよ」

「そうならいいんだがな」

「でも、こっちは警部さんが見回ったならだいじょうぶだな。俺《おれ》たち、もう一度一階を見てきますよ」

「ああ、よろしくたのむ」

カイトが頭をさげると、彼《かれ》らはもと来た道を戻《もど》って、一階の警備に向かった。彼《かれ》らの背中《せなか》を見おくってカイトはほっと胸《むね》をなでおろした。

レンたちのいる通路へカイトが戻《もど》ると、そこには誰《だれ》もいなかった。きょろきょろとまわりを見回す。どこかの部屋の鍵《かぎ》を開けて、なかに入ったのかと思ったが、どの部屋も鍵《かぎ》がしっかりかかっていた。

「どこに行ったんだ……？」

カイトが首をひねるとこつん、と上から小石が落ちてきた。上を見る。すると天井《てんじょう》近くにある通風口から、レンが顔を出していた。

「部屋に入るのもあぶないかと思ってさ、とっさに見つけたここに跳《と》びこんだんだ」

カイトをロープで通風口へとひっぱりあげ、レンがそう話した。

通風口は最初に倉庫からミクの部屋に移動《いどう》するのに使ったものと同じものだった。

「なるほどな。さっき聞いたが、一階は今、見張《みは》りでいっぱいのようだ。ここから乗りこみ口を目指すのは危険《きけん》だな」

「じゃあ、どうするのよ」

前でミクを支《ささ》えていたリンがふりかえった。

「おまえたち、他に脱出《だっしゅつ》方法はないのか？」

「う〜ん……」

レンが腕《うで》を組んで考える。しばらくしてアイデアを思いつきぽんと手を合わせた。

「通風口ってさ、外につながってるよね。いっそ、外に出てそこから乗りこみ口に降《お》りるのはどうかな？　危《あぶ》ないけど警備員《けいびいん》には見つかりにくいはずだよ。乗りこみ口にさえ行ければ、あとはどうにかなる」

「……ふむ。通風口から外に出る道はわかるのか？」

「それは進んでみないとわからない。でも風が吹いてくる方向に進んでいけば外に出られると思うんだ。出たらロープを使って乗りこみ口まで降りよう。きっとだいじょうぶだよ。僕《ぼく》を信じて」

「よし、わかった。俺《おれ》は賛成《さんせい》だ。ジェニイとミクはどうだ？」

「わたしはカイトさんがそう言うなら……」

「あたしもかまわないわよ。高いところは好きだもの。カイト警部《けいぶ》、うっかり落っこちないように気をつけなさいね」

「ふん、言われるまでもない。おまえたちこそ、猿《さる》も木から落ちるなんてことにならないようにな」

「だれが猿ですって!?　あたしは猫耳《ねこみみ》族よ！」

にらみあうリンとカイトをレンがまあまあとなだめる。

「ふたりともケンカしてる場合じゃないでしょ。ほら、さっさと行くよ。ジェニイ、僕《ぼく》が先頭を進むからミクさんをお願い。カイト警部はしんがりを頼《たの》むよ」

「ああ、まかせておけ」

「わかったわよ。じゃ、さっさと行くわよ」

リンの言葉をきっかけに四人はゆっくりと通風口のなかを進みはじめた。

レン、ミク、リン、カイトの順番でいく。

「ミク、だいじょうぶか？」

「はぁはぁ……はひぃ、なんとか……」

ミクは後ろからリンにおしりを押《お》されて、なんとか進んでいた。自分でも手を使って進んでいるのだが、手足の両方を使えるリンたちにくらべるとかなり苦しそうだ。

「陸に上がった人魚ってほんとうに不便ね」

「ご、ごめんなさい。わたしのせいで遅《おそ》くなってしまって……」

「別にあやまらなくていいから、さっさと進む！　ピーター、出口はありそう？」

「出口っていうか……」

しばらく進んでいると急に開けた場所になった。レンがあたりのようすを確認《かくにん》する。

一・五メートル先に飛行船の外殻《がいかく》が見えた。レンたちがいる四階建ての居住区《きょじゅうく》は外殻と密着《みっちゃく》していなかったのだ。おわんのなかに箱を入れたようなつくりである。そして外殻と居住区とは鉄骨《てっこつ》でつながれていた。

さらに上半分とは、天井《てんじょう》で仕切られていて外への出口がわからない。整備《せいび》作業に使うため通風口からは上へとはしごが続いていた。レンが三人に声をかける。

「とりあえず上にのぼってみよう。外に出られるところに着くかも」

「わかったわ。それにしてもうるさい場所ねえ」

機関室のエンジン音や外でプロペラが回る音などがごおんごおんとひびいてくる。頭をゆさぶられるようなすさまじい音だ。カイトがリンの背中《せなか》をぽんと押《お》した。

「これだけ音がしていれば、逆《ぎゃく》に俺《おれ》たちがここにいることも気づかれにくいさ。さあ、早く進もう。ぐずぐずしている時間はない」

「あなたに言われなくてもわかってるわよ！」

四人は上へとつながるはしごをのぼっていった。レンを先頭にミクを背負ったカイトが続き、リンがその後ろをついていく。二階分ほどはしごをのぼっただろうか。四階の高さまでやってきたが、外へはつながっていなかった。

鉄骨のすきまから外へつながっている通風口らしいものは見えるが、今いる場所からはとても行けそうにない。だがはしごをのぼりきった先には飛行船のなかへもどる通風口があった。

レンたちはひとまずその通風口のなかに入り、そこにすわった。カイトの背中から降《お》りたミクの顔はさっきよりも青ざめていた。

「だいじょうぶか、ミク？」

「はい、なんとか……」

心配するカイトにうなずくミクだが、ずいぶん辛《つら》そうだ。早くここから逃《に》げださないと思い、レンは通風口の奥《おく》を指さした。

「とりあえず、ここからなかにもどってみるのはどうかな。たぶん四階のどこかに出られると思うんだ。警備員《けいびいん》たちは一階や二階を探《さが》していたみたいだし。うまくすれば見つからずに乗りこみ口にもどる道を見つけられるかも」

「それはありね」

「だったら、俺《おれ》が先に行こう。さっきもそうだったけど、俺なら見つかったときにごまかしがきくからね」

「そうね。カイト警部もわかってきたじゃない。どう、警察《けいさつ》をクビになったら、あたしたちといっしょに怪盗《かいとう》にならない？」

「バカを言うな。俺はどろぼうになるつもりはない」

「怒《おこ》らないでよ、冗談《じょうだん》の通じない人ね」

「言っておくが、協力するのも今回だけだからな！」

「ちぇっ。カイト警部《けいぶ》が協力してくれたら、いろいろできそうなんだけどなぁ」

レンを軽くにらみつけてから、カイトははしごをのぼった。他の三人は少し離《はな》れて後から追いかける。

と、先頭を進んでいたカイトがぴたりと動きを止めた。後ろからレンがようすをうかがうと、網《あみ》の目のような格子《こうし》でふさがれていた。部屋のなかまではレンの位置からは見えない。

「カイト警部？　もしかして、出られそうにない？」

「あ、いや、格子は外せそうなんだが、まさかこの部屋は……」

「何よ、部屋がどうしたの？　ちょっと、あたしにも見せなさいよ！」

「って、おい、せまいんだから、むりやり、前に出てくるなって！」

「いいから見せなさい！」

リンがむりやりにカイトの横から頭を出し、部屋をのぞきこんだ。

すると、なかには壁《かべ》や棚《たな》にぎっしりとお宝《たから》がかざられているのが見えた。まちがいない、男爵《だんしゃく》のコレクションルームだ。

「ちょっと！　ナイスじゃない！　行くわよ、みんな！」

「えっ？」

とまどっている三人を放っておいて、リンがさっさと格子《こうし》を外すと部屋に飛びおりた。後からあわててレンが追いかけてくる。カイトはため息をついておろおろしていたミクを抱《だ》いてふたりいっしょに降《お》りてきた。

四人そろったところで、あらためてレンが部屋を見まわす。

壁《かべ》には金の額縁《がくぶち》に入れられた絵がならび、ガラス張《ば》りの棚《たな》にはきらきらとアクセサリーがいくつも光りかがやいている。あちこちに高価《こうか》そうなつぼや、中世のものらしい鎧《よろい》や剣《けん》までかざってあった。

なにより、部屋の中央でさんぜんとかがやくのは、乙女《おとめ》の恋心《こいごころ》をそのまま固めたような、可憐《かれん》で清楚《せいそ》なハート型の宝石《ほうせき》、『人魚の涙《なみだ》』だ。

ガラスケースに入れられたそれは、数ある宝物のなかでもひときわ美しく見えた。

「これ……わたしの『人魚の涙』です」

ガラスケースに手をのばすミクの肩《かた》を、リンがとてもやさしい顔でぽんとたたいた。

「よかったじゃない、見つかって。ついでだもの、持って帰っちゃえばいいわ」

「うんうん、そうだよ！　あきらめるつもりだったけど、せっかくだし、このまま『人魚の涙《なみだ》』も持って帰ろう。カイト警部《けいぶ》、止めたりしないよね？」

「するわけないだろう。それはもともとミクのものなんだから。盗《ぬす》みにはならないさ。自分のものを取り返すだけなんだからな」

カイトも賛成《さんせい》し、レンがさっさとポケットから鍵《かぎ》開けキットを取りだして、解錠《かいじょう》しはじめる。鍵も以前開けたものと同じだったため、さほど苦労することもなくレンはガラスケースの鍵を外した。ケースのふたにはとくにワナはなさそうだ。

ふたを開けると、リンがそっとミクの背中《せなか》を押《お》した。

「さ、あなたが取りなさいよ、あなたのものなんだから」

「はい……！　はい……！」

ミクがうれし涙をこぼしながら、『人魚の涙』に向かって手を伸《の》ばす。壊《こわ》れものに触《ふ》れるように、そうっとやさしく手にとった。

そのとき。

ビィィィィィッとけたたましい警報《けいほう》が鳴りひびいた。

「警報!? まずい、早く逃《に》げなきゃ……」

扉《とびら》から出るのは危険《きけん》だ。そう判断《はんだん》したレンたちはもときた通風口へもう一度のぼろうとした。だがロープを取りだした瞬間《しゅんかん》にコレクションルームの扉が開く。

「おやおや、ほんとうにこんなところまで来るとはねえ。こそどろとはいえ見上げた根性《こんじょう》だ。もっともこれ以上の勝手を見逃《みのが》すつもりはないがな！」

そして――入り口に立っていたのは大勢《おおぜい》の警備員《けいびいん》を連れたブラム男爵《だんしゃく》だった。

寝起《ねお》きらしくガウンをはおり寝ぐせまでついている男爵だったが、眼光《がんこう》はするどかった。額《ひたい》に青筋《あおすじ》を浮《う》かべ怒《いか》りをはっきりとあらわにして部屋に入ってくる。

ブラムの目がミクをかばうように立っているカイトに向けられた。

「ん？ そこにいるのはカイト警部ではないか。まさか、おまえが怪盗《かいとう》の仲間だったとはな。名高いロンドン市警察の熱血警部も地に落ちたものだ！」

「だまれ！　きさまこそ、ミクを誘拐《ゆうかい》し、監禁《かんきん》していた大悪党《だいあくとう》じゃないか！　俺《おれ》はさらわれたミクを取り戻《もど》しにきたんだ！　『人魚の涙《なみだ》』までうばって……」

言いかえすカイトに男爵《だんしゃく》がいやみな表情《ひょうじょう》を浮《う》かべる。

「誘拐？　監禁？　おかしなことを言う。わたしはただ地上で迷子《まいご》になっていた人魚を保護《ほご》しただけだよ。そのお礼に『人魚の涙』をもらうことにしただけだ。ほんの一生分ほどね。彼女《かのじょ》にはうちの『従業員《じゅうぎょういん》』として、宝石《ほうせき》を作る仕事をしてもらうのさ！」

まったく悪びれずにべらべらとまくしたてるブラムにリンが目をつりあげる。一歩前に出るとおくすることなく男爵をどなりつけた。

「ふざけないで！　『人魚の涙』はミクのものでしょ！　どろぼうはあなたよ！」

「なんだと……このどろぼうふぜいが!!」

「きゃあっっ！」

ブラムの怒《いか》りまかせの平手打ちがリンのほおを打った。軽いリンの体が吹《ふ》きとばされ床《ゆか》に倒《たお》れる。レンはあわててリンにかけよった。

「ジェニイ！」

「だいじょうぶよ。それより、ピーター。絶対《ぜったい》にここから逃《に》げるわよ。あんなやつの好きになんかさせるものですか！」

「うん、うん……！」

レンがポケットからけむり玉を取りだす。これで相手の視界《しかい》をうばってしまえば、もう一度通風口から逃げるすきができるかもしれない。

「させるかっっ！」

「うわぁっ！」

だが、ブラムの連れていた警備員《けいびいん》がすかさずレンの手につぶてをぶつけた。痛《いた》みでレンの手からけむり玉がこぼれる。すかさずろうかから桶《おけ》を持ってきた別のひとりがけむり玉に水をかけて使えなくした。

「よーし、よくやった！　おまえたちふたりにはあとでボーナスをやろう！」

「はっ、ありがとうございます！」

男爵《だんしゃく》に礼をいい、リンとレンに向かって警棒《けいぼう》をかまえる警備員たち。彼《かれ》らを見てブラムは満足そうにうなずいた。壁際《かべぎわ》のスイッチを押《お》す。するとがしゃん、と通風口に鉄のシャッターが降《お》り、そこからは出られなくなった。

「ふん、そこから逃《に》げようと思ったのだろうが、そうはさせんぞ」

「くっ……」

痛《いた》む手をおさえ歯がみするレン。入り口は大勢《おおぜい》にがっちりとおさえられている。彼《かれ》らをどうにかしなければコレクションルームから逃げられそうにない。

ブラムが得意げに勝ちほこった表情で、後ろにひかえている警備員《けいびいん》たちに命令をくだした。

「さあ、さっさとあの四人を捕《つか》まえろ！」

「四人って……警部どのもですか？」

「怪盗《かいとう》の手伝いをする警部などニセモノに決まっておる！　気にせず捕まえろ！なぁに、まとめて知らない国にでも売りとばせばいいことだ！」

「はっ、わっ、わかりました！」

飛行船中の警備員が集まっているのだろうか。二十人ほどの男たちが部屋へと入ってきて、警棒《けいぼう》を片手《かたて》にじりじりと近づいてくる。

カイトはミクを、レンはリンをかばうように立って、彼《かれ》らをにらみつけた。

「くそっ、男爵《だんしゃく》め……ピーター、君は戦えるか？」

「少しくらいならね。カイト警部《けいぶ》は？」

「なめるな、俺《おれ》は警察官《けいさつかん》だぞ？　格闘術《かくとうじゅつ》は使えてとうぜんだ！」

「よし、じゃあ、ひとり十人ずつだね。やっちゃおう！」

「ああ。ジェニイ、君はミクをたのんだ」

「わ、わかったわ！」

リンがミクを抱《かか》えてさがる。ふたりを警戒《けいかい》するようにじわじわと、だけど確実《かくじつ》に包囲網《ほういもう》をせばめていく警備員《けいびいん》たち。緊迫《きんぱく》した空気を男爵の怒声《どせい》が破《やぶ》った。

「何をぐずぐずしているっ！　さっさとやらんかっ！　でなければ給料はなしにしてしまうぞーっっ！」

「うおおおおっっっっ！」

おたけびをあげて彼らはいっせいに飛びかかってきた。四人もの相手がいっせいにカイトに警棒《けいぼう》でなぐりかかる。

「そうかんたんにやられてたまるかっ！」

カイトは攻撃《こうげき》をよけ、華麗《かれい》なキックでひとりの警棒《けいぼう》を弾《はじ》きとばした。そのまま後ろから襲《おそ》いかかってきたもうひとりを投げとばし、床《ゆか》に転がっていた警棒をひろい、かまえる。

「ロンドン市警察《しけいさつ》の実力を見せてやる！　ケガをしたいやつからかかってこい！」

いっぽう、レンは少し苦戦していた。もともと猫耳《ねこみみ》族より人狼《じんろう》のほうが筋力《きんりょく》も強く体も大きいし戦いに向いているのだ。それでも持ち前のすばしっこさでなんとか攻撃《こうげき》をかわし続けている。

「くそっ、小僧《こぞう》、ちょこまかと逃《に》げ回りやがって！」

「あたりまえだろ、そんなのでなぐられたら痛《いた》いじゃないか！」

よけながらもすきをみてポケットに手を入れかんしゃく玉を取りだす。それを思いっきり地面にたたきつけた。派手《はで》な音がして周囲がびくりと硬直《こうちょく》する。

レンはそのすきを見逃《みのが》さずおもりをつけたロープをぶんぶん振《ふ》りまわして彼《かれ》らの足もとに投げた。ロープはおもりを中心にぐるぐると回転して人狼たちの足にまきつく。

からまったロープで警備員《けいびいん》たちは思いっきり転んだ。

「へへっ、どんなもんだい！」

自分のあげた戦果に、レンは小さくガッツポーズした。


「何よ、ふたりとも強いじゃない」

「はい……」

ふたりの後ろにかばわれているリンがぽつりとつぶやいた。それにミクがうなずく。

「この分なら強行突破《とっぱ》して逃《に》げられるかもしれないわね」

目の前ではカイトとレンが大暴《おおあば》れしている。カイトはさすが警察官《けいさつかん》だけあって警棒《けいぼう》を自在《じざい》にあやつり、警備員たちと渡《わた》り合っていた。何人か気絶《きぜつ》させられたらしく床《ゆか》に転がっている。

レンも発明品を駆使《くし》して相手を翻弄《ほんろう》していた。かんしゃく玉でひるませたりロープで足をからめる他にも、くさいにおいのする香水《こうすい》を顔にふきかけたり、ペイントボールで目つぶししたりしている。

「おまえたち、何をやってる！　さっさとやっつけてしまえ！」

男爵《だんしゃく》がイライラしながら戦いをながめていた。リンはちらりとブラムを見てためいきをつく。

「それにしても、会ったことがあるのに、あたしの正体には気づいてないみたいね、男爵。ほんとうにお金持ち以外には興味《きょうみ》なんてないんだわ、あいつ」

「え？　どういうことですか？」

「なんでもないわ、こっちの話よ。それより、いざとなったら、あたしが背負《せお》って逃《に》げるから。すぐにしがみつけるようにしてて」

「ありがとうございます。でも……どうして、そこまで親切にしてくださるんですか？　見ず知らずの人魚のためにこんな……」

ミクにきかれてリンは少しだけ困《こま》った顔になった。何かを振《ふ》り切るように軽く頭をふって前を見る。

「あたしはね、あいつみたいにお金があれば何をしてもいいって思ってる男が嫌《きら》いなの。あいつは平気で人の大事なものをうばっていくわ。そういうのを見てるだけで、むかむかするのよ！　ミクが心配そうにリンを見つめる。

「……ふだんのあたしはね、したくないことをいっぱいしないといけないの。でも、ブラム男爵《だんしゃく》をやっつければ、それがひとつなくなるかもしれない。あなたのためじゃないの、あたしのためよ」

リンは真剣《しんけん》な目でミクを見た。ミクは思わず姿勢《しせい》を正す。

「だから、あなたもあなたのためにできることをしなさいよ。あいつにうばわれていいものじゃないんでしょ、カイト警部《けいぶ》への恋《こい》やあなたの自由は」

「わたしにできること……」

ミクはきゅっとくちびるを引きむすび、考えこむようにうつむいた。


「な、な、なんて情《なさ》けないんだ、おまえたち、それでもうちの警備員《けいびいん》か！　ええい、もうおまえたちはクビだ、クビ！」

半分ほどに減《へ》らされた警備員にブラム男爵が怒鳴《どな》りちらす。

「そんな……それだけはお許《ゆる》しください！　今、クビになったら、病気の子どもが！」

「知るか！　こうなったら、秘密《ひみつ》兵器を出すしかないな。くそ、わたしのコレクションが壊《こわ》れるかもしれんが……その代金はおまえたちに請求《せいきゅう》してやるぞ、怪盗《かいとう》ども！」

ブラムがふところから取りだしたスイッチを力まかせにたたいた。

「いったい、何を……」

不審《ふしん》な顔をするカイトの真上でがこんっと天井《てんじょう》が開く。

「なっ！」

開いた場所から真鍮色《しんちゅういろ》の人型のロボットが落ちてきた。身長は三メートル。横幅《よこはば》もかなり大きくまるで巨人《きょじん》のようだった。丸い頭には冷たいレンズの目がふたつ光っている。腕《うで》なんてリンの腰《こし》ほどの太さがあった。

「はっはっは！　金にあかして作らせた警備ロボット、ゴーレム一号だ。やれ、一号！

そこの男ふたりをやっつけろ！」

ブシュー！

男爵《だんしゃく》がスイッチとセットになったコントローラーを動かし、さけぶ。巨大《きょだい》なロボットは頭から蒸気《じょうき》を噴《ふ》きあげ、レンズでできた目がカイトとレンを見た。

ロボットの内部から歯車が動くような音がし、ふたりにゴーレム一号がせまる。

「悪あがきを……こんなのろい動きしかできない人形にやられるか！」

「そうだよ！　僕《ぼく》の発明品で動きを止めてやる！」

カイトは警棒《けいぼう》をかまえレンもポケットに手をかける。だがそんなふたりをあざわらうかのように、ブラムがコントローラーを操作《そうさ》した。

「ははは、ゴーレム一号をなめてもらっては困《こま》るな。いけ、ローラーモードだ！」

ブシュー！

がちゃんという音とともにゴーレム一号の足の裏《うら》からローラーが飛び出た。そして、信じられないようなスピードで床《ゆか》の上をすべるように走り、金属の腕《うで》をふりあげる。

ゴーレムの攻撃《こうげき》をふたりはよけられなかった。

「うぐっっ！」

「うあぁぁぁっっっ！」

重く速い腕の一撃は一瞬《いっしゅん》でカイトとレンを吹《ふ》き飛ばした。壁《かべ》にたたきつけられ、ずるずるとくずおれるふたりにゴーレム一号が近づいて追い打ちをかける。殴《なぐ》りつける音とくぐもった悲鳴が聞こえた。

「ピーター！」

「カイトさん！」

思わずかけよろうとするリンとミク。ふたりの前に男爵《だんしゃく》が立ちはだかった。

「おっと、動くんじゃない。……おい、警備員《けいびいん》ども！　わたしのゴーレム一号があいつらをおさえているあいだに人魚たちを捕《と》らえろ！　それくらいはできるだろう」

「はい！　わっ、わかりました！」

残っていた警備員全員がばたばたとリンとミクへと駆《か》けよってきた。リンの背後《はいご》でミクがおびえて息をのむ。リンはミクを少しでも守ろうと前に出て気丈《きじょう》に彼《かれ》らをにらみつけた。

「お嬢《じょう》ちゃん、悪いこと言わないからおとなしくしな」

「運が悪かったと思うしかねえよ」

すまなさそうに言いながらも、警備員たちがけむくじゃらの手をリンに向かってのばしてくる。リンの背中《せなか》ではミクががくがくとふるえていた。

「ジェニイさん、わたしのことはいいですから！　あなただけでも逃《に》げて……」

「はぁっ、何、バカ言ってんのよ！　この状況《じょうきょう》で逃げられるわけないじゃない。だいたい、あなたもカイト警部《けいぶ》もピーターも置いていく気なんかないわよ！」

ミクをかばって前に立つリンにブラムがじれたようにどなった。

「ええい、さっさと捕《つか》まえろ！　少々傷《きず》がついてもかまわん！　むしろ、それで涙《なみだ》が出て、宝石《ほうせき》が取れるなら大もうけだ！」

「は、はっっ！」

大きくごつごつした手がリンの細い腕《うで》をつかむ。だが、おとなしくやられっぱなしのリンではない。リンは思いっきり口を開けるとその手にかみついた。

「いてぇっっ！」

がむしゃらにそのあたりにあったつぼをつかんでもうひとりに投げつける。リンが手にしたつぼを見て男爵《だんしゃく》が悲鳴をあげた。

「それは北宋《ほくそう》のつぼ！　割《わ》るな！　受けとめろ！」

「えっ、はっ、はいっっ！」

警備員《けいびいん》ふたりが投げられたつぼをキャッチしようと右往左往《うおうさおう》する。そのあいだにミクの手を必死でひっぱり、少しでも部屋の出口に近づこうとする。ずり、とミクのしっぽが床《ゆか》にすれる音がしたが、彼女《かのじょ》は痛《いた》いとも言わずむしろけんめいにしっぽを動かして少しでも自力で進もうとしていた。

「ふざけるな！　おまえたちに逃《に》げられるわけにはいかないんだよ！」

ふたりの逃亡《とうぼう》を彼らは見のがさなかった。

つぼを受けとめたひとりがまたリンたちにせまる。リンにかまれた相手がミクをはがいじめにした。

「いやぁっっ、離《はな》して！　離してください！」

「ちょっと、ミクを離しなさいよ！」

「おおっと、お嬢《じょう》ちゃん、あんたもおとなしくするんだよ！」

ミクを捕《と》らえた男にくってかかるリンだったが、彼女《かのじょ》もまた警備員に腕《うで》をつかまれてひねりあげられる。

「いったーい、ちょっと！　女の子にはやさしくしなさいよ！」

「うるさい、どろぼうがごちゃごちゃ言うな！」

「ひっ、いたいいたいいたいいたーい！」

拘束《こうそく》から逃《のが》れようともがくリン。がっちりと人狼《じんろう》のたくましい腕《うで》でつかまれてびくともしない。かみつくこともできそうになかった。

「ミク！」

「リンお嬢《じょう》さまぁっっ！」

カイトとレンがミクたちを助けるために立ちあがり、走りだそうとする。

「おおっと、そうはさせないぞ。おまえたちの相手はゴーレム一号だと言ってるだろう！」

ブシュー！　とひときわはげしく蒸気《じょうき》が上がった。

ブラム男爵《だんしゃく》がコントローラーを動かし、ロボットの強力な両腕がふりかぶられる。

大きく広げられた手のひらがふたりをつかむと、思いっきり壁《かべ》にたたきつけそのままぐいぐいと押《お》しつぶしてきた。

「う、ぐ……ミ、ミク……」

「ごめん、なさい……おじょう、さま……ぐぅぅっ、守れなくて……」

固い真鍮《しんちゅう》の手のひらと壁に万力のようにはさみあげられて、カイトとレンが苦痛《くつう》にうめき声を上げる。

「バカっ、あやまってる場合じゃないでしょ！　だいたい今はお嬢《じょう》さまじゃない！　あたしだって対等な相棒《あいぼう》なんだから、あなたを助けるべきなのに！」

いつもの呼《よ》び方であやまるレンにリンが涙目《なみだめ》になってさけぶ。必死にレンに向かって手をのばそうともがき暴《あば》れた。

「離《はな》せ、離してよ！　あたしだって、レンを助けるんだからーっっ！」

「こらっ、おとなしくしろ！」

「……リンお嬢《じょう》さま」

自分もいつもの呼《よ》び方になってることに気づかずに、レンを助けようと必死にあがくリン。彼女《かのじょ》を見てミクがすまなそうにうつむき、ぽろぽろと涙《なみだ》をこぼした。ミクたちをブラムがあざわらう。

「海から出てこなければ、こんな目に合うこともなかったのになぁ、ミク。人魚が陸に来るから、人間に捕《つか》まったりするのだ。なにせ、人魚は貴重《きちょう》な金儲《もう》けの道具だからな。そりゃ、見つけたら捕まえるに決まっているだろう」

「ごめんなさい、ごめんなさい……わたしが陸に来たりしなければ、あなたたちをこんな目に合わせることはなかったのに……」

ぽた、ぽた、と透明《とうめい》な雫《しずく》がミクのほおを伝って床《ゆか》へと落ちていく。見るものの胸《むね》を痛《いた》ませる涙《なみだ》をブラム男爵《だんしゃく》は鼻で笑った。

「なんだ？　せっかく泣いたと思ったのに、また『人魚の涙』にはならないのか。まあいい、こうなればもう逃《に》げられまい。おまえたちはもう終わりだ！」

「ふざけないで！」

「この後に及《およ》んでまた悪あがきをする気か？」

あきらめずブラムをにらむリンに男爵が眉《まゆ》をつりあげた。

「とうぜんよ！　だいたい、あたしたちは何も悪いことなんてしてないんだから！　ミク、あやまることなんてないわ！　陸に来なければよかったなんて言わないでよ。だって陸に来たかったんでしょ？　カイト警部《けいぶ》に会いたかったんでしょ!?」

「でも、そのせいであなたたちが……」

「そんなことはどうでもいいのよ！　お金とか力とかで、こんなふうに人の気持ちをふみにじるヤツが全部悪いんだから！　したいことをして悪いなんて、そんなこと言わせたりしないいんだから！」

「そのとおりだよ。ミクさん、君があやまることとない。『人魚の涙《なみだ》』はミクさんの心そのものだ。それを取りかえして何が悪いんだよ！」

リンのさけびにレンも応《こた》えた。必死に腕をのばし、ポケットを探《さぐ》る。

「ああ……ブラム男爵《だんしゃく》。金儲《もう》けにしか興味《きょうみ》のないおまえにはわからないだろうな。『人魚の涙』のほんとうの価値《かち》なんて」

カイトもぐっと両腕《りょううで》に力をこめる。じわじわとカイトをつかんでいた、ゴーレム一号の手がゆるみ始めた。

「ほんとうの価値だと？　何を言っている。宝石《ほうせき》は宝石。高価《こうか》な金儲《もう》けの道具だ！　ええい、おまえたち、さっさとそいつらを地下牢《ちかろう》へ連れていけ！」

「はっ！」

警備員《けいびいん》たちがリンとミクを運ぼうとした瞬間《しゅんかん》。

「させるかっ！」

レンが取りだした工具をブラム男爵《だんしゃく》の手に向かって投げつけた。

「ぎゃっっ！」

ねらいをあやまたずドライバーがブラム男爵の手に当たり、彼《かれ》はたまらずコントローラーを取り落とした。

同時にカイトがゴーレム一号の手から逃《のが》れて床《ゆか》に降《お》りたった。あわてて落としたものをひろおうとするブラム男爵に足ばらいをかけて転ばせ、落ちたままのコントローラーを思いっきり踏《ふ》みつぶす。

ブシュー！

ロボットが灰色《はいいろ》のけむりを噴《ふ》きだし、動きを止めた。

「な、何をするーっっ!?　わたしのゴーレム一号が動かなくなるじゃないか！」

「それはいいことを聞いた！」

機能《きのう》が停止してしゆるんだ手のすきまからレンもするりと抜《ぬ》けだした。発明品や道具がポケットからこぼれて床《ゆか》に落ちたが、かまうことなくリンを捕《つか》まえている警備員《けいびいん》に向かってダッシュすると、思いっきり体当たりした。

「ぐっ！」

「お嬢《じょう》さま、助けにきたよ！」

レンの全体重を乗せたタックルに突《つ》き飛ばされた男の腕《うで》から逃《のが》れ、リンがバランスをくずして転びかける。リンをレンの腕が受けとめた。レンの体はあちこち傷《きず》ついていて、リンを支《ささ》えながら顔をしかめた彼《かれ》にリンは泣きそうな顔になった。

「だから、お嬢さまじゃないって言ってるでしょ！　……バカ、無理しちゃって」

「ごめん。でも、僕《ぼく》はあなたの忠実《ちゅうじつ》なしもべで相棒《あいぼう》だから。あなたを助けるためなら、なんだってするよ。それがジェニイでも、リンお嬢さまでも」

「バカ……ホントにバカなんだから」

いっぽう、カイトもたおれたブラム男爵《だんしゃく》のもとからミクを捕《と》らえている警備員のもとへかけつけていた。ふらつきながらもミクを取りもどし背《せ》にかばう。

「すまないな、こわい目に合わせてしまって」

「いいえ、いいえ……」

ミクが目に涙《なみだ》をいっぱいにためながら、首を横にふった。

「だけど安心してくれ。君のことはなんとしてでも海に帰してみせる」

「カイトさん……」

だが状況《じょうきょう》は好転しきったわけではなかった。

「ええい、おまえたち、いつまで寝《ね》ている！　さっさと起きて出入り口を固めろ！

そっちのおまえたちもぼんやりせずにさっさとやってしまえ！」

ブラム男爵《だんしゃく》がたおれていた警備員《けいびいん》たちを蹴《け》りおこす。カイトやレンの攻撃《こうげき》で気絶《きぜつ》していたものたちが身を起こした。がんじょうな人狼《じんろう》である彼《かれ》らは短時間で回復《かいふく》していた。先ほどまでリンたちを捕《と》らえていたふたりも体勢《たいせい》を立てなおし警棒《けいぼう》をかまえる。

対してどうにかリンとミクを取り戻《もど》したものの、カイトもレンもゴーレム一号から食らったダメージで満身創痍《まんしんそうい》だった。立っているのもやっとというありさまだ。

「ねえ、あたしが戦うわ。そんなけがで無理なんてさせられない」

「君を戦わせるなんて、それこそ無茶だよ、ジェニイ。だけどしくじったな。道具はゴーレムの足もとに落っことしてきちゃった」

「だが、ここで捕《つか》まるわけにはいかないぞ。俺《おれ》がなんとか食い止める。だから、そのすきに君たちはミクだけでも連れて……ミク？」

「その必要はありません」

悲壮《ひそう》な顔で突撃《とつげき》しようとするカイトの手をミクがぎゅっとにぎって立ちあがった。

涙《なみだ》が止まった目は強い決意に満ちていた。

「あなたたちはこんなに必死で戦っていた。なのにわたしはただ泣いてるだけで……でもわたしにもできることはあるから！　命をかけてわたしも戦います！」

「ミク、何を……！」

おどろいた顔のカイトたちにミクは微笑《ほほえ》みかけ、大きく息を吸《す》いこんだ。

「人魚ふぜいに何ができる？　おまえたち、かかれーっっ！」

号令と同時に彼《かれ》らはいっせいにおどりかかってきた。少しでもミクを守ろうとカイトとレンが前に出て、リンもぐっとこぶしをにぎる。

だが、次の瞬間《しゅんかん》、場ちがいなほどきれいな歌声がひびきわたった。

「え……?」

『人魚の涙《なみだ》』を思わせるすきとおった美しいソプラノ。天使の歌声が部屋のなかへと満ちていく。

声を聞いた警備員《けいびいん》たちはぼんやりとした顔になっていき、警棒《けいぼう》を取りおとして立ちつくした。いや彼《かれ》らだけではない。ブラム男爵《だんしゃく》もほうけたようになっている。

子守歌のようなやわらかくあたたかなメロディ。ミクの歌を聞いているとレンたちもなんだか頭がぼんやりとしてきた。

ブラム男爵たちはもっとはっきり効果《こうか》があらわれはじめていた。ミクが歌えば歌うほど、男爵たちの目は閉《と》じていき、ついには眠《ねむ》ったようにふらふらと床《ゆか》にすわりこみ、ぼけっと半分閉《と》じかかった目で天井《てんじょう》を見つめるだけになる。

レンたちはそうなる直前に、ミクの声で正気に戻《もど》った。

「あの人たちは……わたしの歌で意識《いしき》を失っています……今のうちに、逃《に》げて……」

それだけを告げるとミクの体がぐらりとかしいだ。気を失ったミクをカイトが抱《だ》きとめる。レンはまだぼんやりする頭をふるととなりでぼうっとしていたリンの肩《かた》をゆさぶった。

「ジェニイ、だいじょうぶ？」

「ええ、なんとか……いったい、何が起きたの？」

「その話は後だ。ミクが作ってくれたこのチャンスを逃《のが》すわけにはいかない。今のうちに逃《に》げるぞ！」

「そうね、行きましょう、ピーター。だいじょうぶ、走れる？」

「うん、だいじょうぶだよ。急ごう！」

レンはまだ全身がずきずき痛《いた》んでいたが、力強くうなずき先頭を走りだした。カイトたちがその後ろに続く。

ブラム男爵《だんしゃく》や警備員《けいびいん》たちが何もできずにぼんやりする姿《すがた》を後に、四人は一目散にその場を逃《に》げだしたのだった。

乗りこみ口に向かって走るとちゅうにカイトが口を開いた。

「……昔、少しだけ聞いたことがある。『人魚の涙《なみだ》』を作りだした人魚は、人を幻惑《げんわく》し意識《いしき》をうばう歌を歌うことができるらしい」

「それがさっきミクが使った力の正体なの？」

「ああ。だがその力は『人魚の涙《なみだ》』を流すほど好きになった相手のためにしか使えない。しかもその気持ちに少しでも迷《まよ》いやゆらぎがあると歌の力に耐《た》えきれなくて死んでしまうんだ」

カイトの言葉にレンが息をのんだ。

「じゃあ、ミクさんはほんとうに命がけで……」

「ちょっと！　ミクはだいじょうぶなんでしょうね!?」

リンがカイトに食ってかかる。カイトは抱《だ》いているミクの顔をそっと見た。目を閉《と》じたその表情《ひょうじょう》は苦しげではあるが、きちんと息をしている。

「だいじょうぶ、気絶《きぜつ》してるだけだ」

「ふふっ、守られるだけのかよわい女の子じゃなかったってことね」

「ああ。俺《おれ》はほんとうに彼女《かのじょ》に大切に思ってもらってたんだな……」

カイトが愛おしそうにミクの顔を見つめる。苦しそうだったミクの寝顔《ねがお》がほんの少しやわらいだ。

やはり飛行船すべての警備員《けいびいん》がコレクションルームに集められていたのか、乗りこみ口までは誰《だれ》にも会わずにたどりつけた。

レンとリンが倉庫から急いで飛行機械を取りだし、セットアップする。乗りこみ口を開くと、びゅう、と冷たい夜風が吹《ふ》きつけてきた。

飛行船のなかで過《す》ごしているあいだに、ずいぶん遠くまで飛んだようだ。下に見える街なみはロンドンとはちがっていた。どこかはわからないが海岸が近くに見えた。

レンが前のサドルに乗り、後ろにはミクを抱《だ》きかかえたカイトがすわった。リンはふたりのあいだに無理矢理割《わ》りこんですわり、レンにしがみつく。

「ふたり乗りのところに無理矢理四人で乗るわけだから、安全は保障《ほしょう》できないよ。カイト警部、ミクさんをしっかり抱いててよね、ここから飛びだすよ。あとはうまく風に乗って海に降《お》りられるはずだ」

「ああ、わかった」

レンが蒸気《じょうき》エンジンに火を入れ、ペダルをこぎ始める。四人を乗せた飛行機械は開いた乗りこみ口から見える空に向かって飛びだした。

と、同時に後ろからさわがしい足音とどなり声が聞こえてくる。

「こら、待て、このどろぼう猫《ねこ》ども！」

「逃《に》がすか！　追え！　追うんだ！」

ブラム男爵《だんしゃく》と警備員《けいびいん》たちだ。どうやらミクの歌の効果《こうか》が切れたらしい。

「い、急いで、急いでー！」

「ああっっ！」

通路の向こうからブラム男爵たちが顔を出したときには、すでに飛行機械の姿《すがた》ははるか遠くだった。

プロペラと蒸気《じょうき》エンジンは全力で動いているが、さすがに四人の重量には耐《た》えきれない。ときどきがくんと落ちかけてじょじょに高度が下がっていく。

「おいっ、ピーター、落ちていってるけど、これはだいじょうぶなのかっ!?」

「だいじょうぶ、このまま行けばちゃんと海に降《お》りられるから！　それより、カイト警部《けいぶ》って泳げるよね？　溺《おぼ》れるとかやめてよ」

「ふざけるな。おまえたちこそ、猫《ねこ》だろう。水は苦手なんじゃないのか？」

「失礼な。僕《ぼく》はちゃんと泳げるよ！」

「言いあいしてる場合じゃないでしょ！」

軽口をたたきあうレンたちを乗せ、グライダーのように飛行機械はゆっくりと滑空《かっくう》した。そのまま高度を下げながら飛行していき――盛大《せいだい》に水しぶきを上げて、海へと着水したのだった。


翌日《よくじつ》、テムズ川のほとりで待っていたルカのもとにミクを連れていくと、彼女《かのじょ》は大喜びで出むかえてくれた。

「ミク！　よかった、無事で……。ほんとうにピーターさんとジェニイさんにはなんとお礼を言っていいか、わかりません。このお礼は必ずいたします」

ルカにふかぶかと頭を下げられ、リンとレンは顔を見あわせた。ふたりそろって、軽く肩《かた》をすくめる。

「別に気にしなくていいですよ」

「ま、何かくれるっていうなら、新鮮《しんせん》な魚とかうれしいわね。好物なの」

「はい、お送りさせていただきます！」

ルカはもう一度ふたりに礼をしてから、ミクに向きなおった。

「ミク、それじゃ、海へ帰りましょう。お父さんやお母さんも心配していたわ。あぶないんだから、もう陸へ上がっちゃダメよ」

「お姉ちゃん……」

何か言いかけたミクの背中《せなか》をカイトがそっと押《お》した。

「そうだな。会えなくなるのはさみしいが……ブラム男爵《だんしゃく》のようなやつもいる。陸が安全になるまでは君は海で暮《く》らしたほうがいい、ミク」

「あ……」

カイトの言葉にミクは悲しそうな顔になった。『人魚の涙《なみだ》』をぎゅっとにぎりしめ、うつむく。

「ミク？」

「カイトさんはわたしが海に帰ったほうがいいんですね？」

「だって、君は陸では暮《く》らせないだろう？　君の家は海の底だ。ミクのことを待っている家族もいる。帰って安心させてあげないと。俺《おれ》のことを気にすることはない」

「そう、ですね……わたし、わたしは……」

ミクが『人魚の涙《なみだ》』を持ったまま水のなかへ入ろうとする。

「ちょっと待った！」

レンのさけびが彼女《かのじょ》を止めた。レンはずかずかとミクとカイトのあいだに割《わ》って入ると、カイトの胸《むな》ぐらをつかむ。

「カイト警部《けいぶ》、それでいいの!?　ミクさんを必死で助けだしたのはなんのためだったの!?　あなただってミクさんといっしょにいたいんだろ！」

「そりゃ……俺だってミクといっしょにいられれば、と思うさ。だけど、もう俺は二度とミクをあぶない目に合わせたくない。俺のそばにいることで、ミクが弱っていくのもいやだ。だったら離《はな》れていても元気でいてほしい」

カイトが苦しそうにレンから目をそらす。レンはカイトをどなりつけた。

「バカ！　ミクさんのためならなんでもするって言ったのはうそなのかよ！　あぶないならあなたが守ってやれよ！　ミクさんが水から離《はな》れなくてすむように海の近くにでもひっこせよ！　それくらいできるだろ、好きなんだろ！」

「だけど、ミクの気持ちが……」

レンがミクを見る。

「ミクさんはどうなの？　このまま、海に帰っていいの？」

「あ……わたし……わたしは……」

ミクが言いよどみ、おろおろと視線《しせん》をルカとカイトのあいだでさまよわせる。その肩《かた》をリンが支《ささ》えた。

「あなたのしたいことは何？　あなたはしたいことをできるのに、それをしないのは絶対後悔《ぜったいこうかい》するわ。ねえ、あなたの気持ちは、一番したいことは……手に持ってる宝石《ほうせき》にあらわれてるんじゃないの？」

リンはミクをきびしい目で見つめる。

「あなたのしたいことを言いなさいよ。なんのために陸に来たのよ、なんのためにあなたは命がけであのとき歌を歌ったの!?」

ミクの背中《せなか》をリンがどんっと強く押《お》した。レンがカイトから手を離《はな》す。前に倒《たお》れこみかけるミクをカイトがかけよって抱《だ》きとめた。ふたりが見つめあう。

「カイトさん、わたし、わたし……」

ミクがまっすぐにカイトを目を見た。両手でにぎりしめていた『人魚の涙《なみだ》』を、思いを伝えるためにカイトへとさしだす。

「わたし、海には帰らない！　ずっとあなたのそばにいたい！」

「ミク……」

カイトがミクを見つめかえし、強く抱《だ》きしめた。

「わかった。それが君の望みなら俺《おれ》も覚悟《かくご》を決める。君を幸せにするためなら、なんだってするさ。……ずっとそばにいてくれ、愛してる」

ぽろぽろとミクの目から涙《なみだ》がこぼれ落ちる。リンとレンはやっと言ったか、という顔でふたりを見ていた。

カイトがミクを抱《だ》きしめたまま、ルカへと向きなおる。

「ミクさんと結婚《けっこん》させてください。必ず、幸せにしてみせます」

「ごめんなさい、お姉ちゃん。わたし、カイトさんといっしょにいたいの」

「あなたたち……」

ルカは呆然《ぼうぜん》とした顔でふたりを見ていたが、やがて少しさみしそうに微笑《ほほえ》んだ。

「……わかったわ。あなたが幸せならわたしは何も言わない。お父さんとお母さんにはわたしから伝えておく。でもね、ミク、忘《わす》れないで。辛《つら》くなったらいつでも海に帰ってきてかまわないんだからね」

「お姉ちゃん……ありがとう、大好きよ、お姉ちゃん……」

ミクがルカに抱《だ》きつき涙《なみだ》を流す。ルカもミクを抱きかえしなんどもその髪《かみ》をなでていた。カイトがやさしい顔でふたりを見守っている。

カイトたち三人をリンがどこかうらやましそうな目で見ていることにレンは気づいた。こぶしを強くにぎりしめ顔を上げる。

(僕《ぼく》もリンお嬢《じょう》さまのためならなんだってできる。その思いをうそにしないために、僕ができることをやらなくっちゃ)

少しだけ離《はな》れたところにあるリンの横顔。それをずっとずっとそばで見て笑ってもらい続けるために、レンができることはたくさんあるはずだ。

覚悟《かくご》を決めた男の顔でレンはリンを見つめていた。

エピローグ　ほんとうに欲《ほ》しいもの

怪盗《かいとう》ピーター&《アンド》ジェニイが飛行船からミクを盗《ぬす》みだした日から数週間がたった。

ミクはしばらくリンの屋敷《やしき》に滞在《たいざい》していたが、今はカイトとふたりで海の近くに家を借りて暮《く》らしているはずだ。

リンとレンは今までの戦利品を集めたリンの部屋で、ひさしぶりにふたりだけのくつろいだ時間を過《す》ごしていた。

戦利品に『人魚の涙《なみだ》』がくわわることはなかったけれど、今、いつものようにお気に入りのソファで紅茶《こうちゃ》を飲むリンはとてもおだやかな顔をしている。幸せな気持ちでお嬢《じょう》さまを見つめながら、レンは今日の新聞をさしだした。

一面記事を読めば、きっともっとお嬢さまはうれしそうに笑ってくれる。

「あら、何かおもしろい記事でもあったの？」

「うん、見たら絶対《ぜったい》お嬢さまがよろこぶと思って」

「何かしら……？」

記事を追っていたリンの目がまんまるに見開かれた。そして、にぃっとくちびるのはしが持ちあがり、レンの見たかった笑顔が浮《う》かぶ。

「うっふふふふ！　ブラム男爵《だんしゃく》、人魚や蛇《へび》の目族……その他、猫耳《ねこみみ》族、人狼《じんろう》、兎耳《うさぎみみ》族、鳥《とり》の羽《はね》族の人身売買に誘拐《ゆうかい》、監禁《かんきん》、虐待《ぎゃくたい》の罪《つみ》で逮捕《たいほ》ですって！　カイト警部《けいぶ》、ちゃんとあいつを逮捕《たいほ》できたのね！」

「うん、ほんとうによかったよ。ミクさんのこともあって、ブラム男爵《だんしゃく》の別荘《べっそう》に家宅《かたく》捜索《そうさく》が入ったから、さすがに男爵もごまかせなかったみたいだ。カイト警部もクビにもならずにすんだみたいだしね」

「いい気味ね！　これで、ブラム男爵と結婚《けっこん》しろなんて言われなくなったし、ほんと、せいせいしたわ！」

リンがはれやかな顔で新聞をテーブルに置く。

「あ……でも、あんなひどいやつでも社長なのよね。こき使われていたとはいえ、あそこで働いていた猫耳族や人狼たちはだいじょうぶかしら……」

顔をくもらせるリンに、レンは記事のすぐ下の文を指さした。読んでいくうちにリンの顔がどんどん明るくなっていく。

「あら、会社自体は他の経営者《けいえい》が買い取って続くのね。人狼《じんろう》と猫耳《ねこみみ》族と人間の共同出資《しゅっし》なの？　屋敷《やしき》のメイドや警備《けいび》の人たちもそこで新しく雇《やと》ってもらえるみたい」

「うんうん、よかったよ」

自分たちにひどいことをしようとしたとはいえ、ブラム男爵《だんしゃく》におどされていた警備の人狼たちが無事でレンはほっとしていた。

「ところでリンお嬢《じょう》さま、その新聞に載《の》ってる別の記事なんだけど。どうかな？」

「あら、何かしら。……ふむふむ、豪華《ごうか》客船マグダレーナ号。その博物室に世界で最大のブルーダイヤを展示《てんじ》……？　なんだかすてきなお宝《たから》のにおいがするわね」

「でしょう？　リンお嬢さまにどうかなって」

そのブルーダイヤはかつて猫耳族の巫女姫《みこひめ》が身につけていたものだった。人間や人狼と国をひとつにするときに、そのときの人間の王さまに献上《けんじょう》されたのだ。

他にもこの部屋にある宝物《たからもの》は猫耳族にとって大切なものばかりだった。たとえばトルソーに着せられているドレス。猫耳族の大女優《だいじょゆう》ジェニファー・レーンの宝物だ。ジェニファーは人間の陰謀《いんぼう》で女優《じょゆう》を引退《いんたい》させられ、ドレスも取りあげられてしまった。

壁《かべ》にかざられた標本の蝶《ちょう》は、猫耳《ねこみみ》族の聖地《せいち》、ディナス・エムリスにしか生息していない蝶で、猫耳族にとっては神の使いとあがめられていたものだった。絶滅《ぜつめつ》した今となってはこの標本しか残っていない。もともとはウエールズにある博物館に展示《てんじ》されていたのを、イギリス全体の宝《たから》として強引にロンドン博物館に移《うつ》されたのだ。

この部屋に集められた絵画や陶器《とうき》、アクセサリーなどにはすべて、猫耳族から人間のもとへうつされた、という過去《かこ》があった。

リンがはっきりそのことを口にしたことはないが、レンはリンが欲《ほ》しがるお宝《たから》に共通する理由に気づいていた。人間の手にある猫耳族の宝《たから》を取り返すことは、『好きでもない大金持ちの人間と結婚《けっこん》しなければならない』リンのやつあたりなのだ。

だからきっとこのお宝ならリンが欲《ほ》しがるはず、とひそかにレンはいろいろと調べていたのだ。レンの予想どおりリンは食いつき、目をかがやかせた。

「いいわね！　最高だわ。何より豪華《ごうか》客船に忍《しの》びこむなんて楽しそうじゃない！　ピーター&《アンド》ジェニイ、初めての船での冒険《ぼうけん》じゃない？」

「うん、そうだね。僕《ぼく》も楽しみだよ」

「水着とかいるかしらね。あっ、ミクやルカに手伝ってもらうのもいいかも」

うきうきわくわくしているリンにレンのほおもゆるむ。

「ねえ、ピーター&《アンド》ジェニイはリンお嬢《じょう》さまのしたいことなんだよね？」

たずねたレンにリンはきょとんとした。

「いきなり何よ。でも、そうね。ピーター&ジェニイはあたしの息ぬきだもの。ブラム男爵《だんしゃく》がいなくなったからって、お金持ちの相手と結婚《けっこん》しなきゃいけないことにかわりはないもの。それがどんな相手かはわからないけどね。今のうちにめいっぱい楽しんでおかないと。自由な時間は短いもの」

眉根《まゆね》を寄《よ》せたリンにレンの胸《むね》が痛《いた》んだ。いやだ。そんな顔をさせたくなんかない。

ずっとさっきみたいに笑っていてほしい。そのためならなんでもする。

「……楽しい時間が永遠《えいえん》に続けばいいのにって思うけど、無理よね。あたしはミクとはちがうから、したいことだけをできるわけじゃない」

くちびるをかんでうつむくリン。その手を強くレンはにぎった。リンがはっと顔を上げる。レンの真剣《しんけん》なまなざしがあった。

「リンお嬢《じょう》さま、僕《ぼく》はあなたの願いをかなえるためならなんだってするよ。人間と結《けっ》婚《こん》なんかしたくないなら、しなくていいようにする。僕はそのためなら、どれだけ苦労したってかまわない」

「ちょ、ちょっと、何言ってるの？　冗談《じょうだん》？　そんなこと……」

「冗談なんかじゃないよ！」

レンはまるで大切な宝物《たからもの》にするようにリンの手を両手でつつみこんだ。リンがとまどいレンから目をそらす。だけどレンはただじっとリンを見つめる。

「僕はリンが好きだ」

きっぱりとした強い言葉。レンの覚悟《かくご》の証《あかし》だった。これからリンのためならなんだってしてみせるという決意を秘《ひ》めた目はゆるがない。

「僕はあなたの願いを絶対《ぜったい》にかなえてみせる。だからリンがほんとうにしたいことを教えてほしい。そうしたら僕は――」

「〜〜〜〜っっ！　そんなこと今、答えられるわけないでしょ、バカっ！」

リンがレンの手をふりほどき、くるりと後ろを向いてしまった。レンはそれ以上何も言わず、ただリンを見守っていた。

レンに背中《せなか》を向けたままリンはかみしめたくちびるをふるわせていた。そのほおはりんごのように真っ赤に染《そ》まっている。

（バカバカバカ、レンのバカ！　そんなこと答えられるわけないじゃない！　ずっとあなたとピーター&《アンド》ジェニイとして冒険《ぼうけん》していたいって言ったら、かなえてくれるの？　そんなこと言われたら、あたし、あたし――）

我慢《がまん》して言わなかったほんとうの願いを言ってしまいそうになるではないか。リンだってレンのそばにいたいのだ。

どれだけ彼《かれ》に言われたことがうれしくても、リン・ミラーサンドはその気持ちを口にできない。だけど、今日ばかりは完璧《かんぺき》に気持ちをおさえられなかった。

とびっきりの勝ち気な笑顔でリンはふりかえる。

「そうね！　だったらあたし、さっき言ってた豪華《ごうか》客船にブルーダイヤを取りに行きたいわ！　それがあたしのしたいことよ！」

我慢《がまん》しきれずあふれた思いがその笑顔にはこもっていた。ほんとうの願いを口にすることはしない。それが今のリンにできるせいいっぱいだった。


レンはリンの答えにぽかんと口を開けた。

「どうなの？　かなえてくれないの？」

リンにおでこをつつかれて、あわててうなずく。

「そっ、そんなことないよ！　行こう、ふたりで。絶対《ぜったい》にブルーダイヤを盗《ぬす》みだそう」

「うんうん、そうこなくっちゃね！」

ひまわりみたいに明るいリンの笑顔にレンもつられて笑う。ほんとうの願いをリンは口にしてくれなかったけれど、リンが笑ってくれたから今はそれでよかった。

ずっとあきらめずにがんばれば、いつかリンの願いをすべてかなえられる日がくる、とレンには信じられた。レンはリンのためなら、どんなこともする覚悟《かくご》がある。

だって、レンはリンが世界で一番大好きなのだから。

——そして、今宵《こよい》も霧《きり》の街ロンドンに怪盗《かいとう》の影《かげ》がおどる。

——完——

e-LicensePB30464号

F E7 Am C
すきなーもの ーだけー まわりにーなら ーべてー わ
F E7 Am C D7 E7
たしのーおうこ ーく をーつくるの ー あ
F E7 Am C
なたはーわた ーしのー じゅうじゅんーなし ーもべー
F E7 FM7
15
ねぇ ーいろんはないわね ー
F E7 Am C
やみにーとけ ーこんでー ひかるめーがふ ーたつー ほ
F E7 Am C D7 E7
んとうはーちょっ ーと しーんどいで す な
F E7 Am C
によわーねはい ーてんのー ぬすまれーたら ーまけー
F E7 Am C D7 E7
そ ーれがルール でしょう ー

F E7 Am C
やみに—とけ—こんで— ひかるめ—がふ—たつ—
F E7 Am C D7 E7
しょうこ—なん—ての—こさない — き
F E7 Am C
づいた—とき—には— もうてお—くれ—だって—
F E7 Am
6
さあ—つぎはなにがほしい —
Am F E♭dim Am
スカしてる—ひまが—あるならはたらき—なさいよ
Am F E♭dim Am
つぎはぜつ—めつし—たあのちょうのひょう—ほんかな
Am C Dm E♭dim Dm C Am G Am
ほか—のおんなのい—らいなんて
Am C Dm E♭dim Dm C E7
うけ—たら○○すわよ—

怪《かい》盗《とう》ピーター＆《アンド》ジェニイ

怪盗《かいとう》ピーター&《アンド》ジェニイ

イラスト：たま

作詞／作曲／編曲　Nem
唄　鏡音リン・鏡音レン

狙われたらもう大人しく諦めてよね？
盗めない物なんて　この世に一つもないのさ

世界で一番大きなダイヤモンドとか
あの女優があのドラマで着てたドレスとか

欲しい物があるのなら　僕を呼んでみなよ

闇に溶け込んで　光る眼が二つ
証拠なんて残さない
気付いた時には　もう手遅れだって
さあ、次は何が欲しい？

スカしてる暇があるなら働きなさいよ！
次は絶滅した　あの蝶の標本かな…

他の女の依頼なんて　請《う》けたら○すわよ？

好きなものだけ　周りに並べて
私の王国を創るの
あなたは私の　従順な下僕《しもべ》
ねぇ　異論はないわね？

闇に溶け込んで　光る眼が二つ
本当はちょっとしんどいです･･･
何弱音吐いてんの？「盗まれたら負け」
それがルールでしょう？

ねぇその瞳は　いつ僕のものに？
面白い冗談ね

はあ･･･　次は何がほしい？
（さあ、次はあれが欲しい！）

感想のおたよりをお待ちしております。

〒160-8565　東京都新宿区大京町 22-1

ポプラ社児童書編集局

ポケット文庫「怪盗《かいとう》ピーター&《アンド》ジェニイ」係まで！

作・美波　蓮（みなみ　れん）
京都府出身。『初音ミクポケット 桜前線異常ナシ』『初音ミクポケット 伝説の魔女』など、小説やゲームシナリオをメインにてがける作家・シナリオライター。フリルやレース、和ものが大好き。

絵・たま
岩手県出身。フリーのイラストレーター・映像作家。代表作は『初音ミクポケット 桜前線異常ナシ』のイラストや漫画『シリョクケンサ』。またNHKみんなのうた「少年と魔法のロボット」の映像制作を担当する。

2015年 2月　第 1 刷

ポプラポケット文庫090-3
初音《はつね》ミクポケット　怪盗《かいとう》ピーター&《アンド》ジェニイ

作　美波 蓮
絵　たま
協　力　Nem
発行者　奥村　傳
編　集　崎山貴弘
発行所　株式会社ポプラ社
東京都新宿区大京町22-1　〒160-8565
振替　00140-3-149271
電話（編集）03-3357-2216　（営業）03-3357-2212
（お客様相談室）0120-666-553
FAX（ご注文）03-3359-2359
インターネットホームページ http://www.poplar.co.jp
印刷　岩城印刷株式会社
製本　大和製本株式会社
フォーマットデザイン 濱田悦裕　装丁 髙橋美帆子（ポプラ社）

ISBN978-4-591-14298-1　N.D.C.913　237p　18cm

読者の皆さまからのお便りをお待ちしております。
いただいたお便りは、編集局から著者へお渡しいたします。

みなさんとともに明るい未来を

一九七六年、ポプラ社は日本の未来ある少年少女のみなさんのしなやかな成長を希《ねが》って、「ポプラ社文庫」を刊行しました。

二十世紀から二十一世紀へ――この世紀に亘《わた》る激動の三十年間に、ポプラ社文庫は、みなさんの圧倒的な支持をいただき、発行された本は、八五一点。刊行された本は、何と四千万冊に及びました。このことはみなさんが一生懸命《いっしょうけんめい》本を読んでくださったという証左《あかし》でもあります。

しかしこの三十年間に世界はもとよりみなさんをとりまく状況も一変しました。地球温暖化による環境破壊、大地震、大津波、それに悲しい戦争もありました。多くの若いみなさんのかけがえのない生命も無惨《むざん》にうばわれました。そしていまだに続く、戦争や無差別テロ、病気や飢餓《きが》……、ほんとうに悲しいことばかりです。

でも決してあきらめてはいけないのです。誰もがさわやかに明るく生きられる社会を、世界をつくり得る、限りない知恵と勇気がみなさんにはあるのですから。

――若者が本を読まない国に未来はないと言います。

創立六十周年を迎えんとするこの年に、ポプラ社は新たに強力な執筆者《しっぴつしゃ》と志《こころざし》を同じくするすべての関係者のご支援をいただき、「ポプラポケット文庫」を創刊いたします。

二〇〇五年十月

株式会社ポプラ社